# 黑夜的空白

犯罪の回送

[日] 松本清张——著
陆求实——译

浙江人民出版社

**图书在版编目（CIP）数据**

浙 江 省 版 权 局
著作权合同登记章
图字：11-2016-259

黑夜的空白 /（日）松本清张著；陆求实译 . —杭州：浙江人民出版社，2016.10（2017. 5 重印）

ISBN 978-7-213-07631-2

Ⅰ . ①黑… Ⅱ . ①松…②陆… Ⅲ . ①推理小说—日本—现代 Ⅳ . ① I313.45

中国版本图书馆 CIP 数据核字（2016）第 227549 号



**黑夜的空白**

（日）松本清张 著

---

出版发行 浙江人民出版社（杭州市体育场路 347 号 邮编 310006）
责任编辑 汪景芬
责任校对 朱 妍 朱志萍
印　　刷 北京慧美印刷有限公司
开　　本 880 毫米 ×1230 毫米 1/32
印　　张 6.75
字　　数 160 千字
版　　次 2016 年 10 月第 1 版
印　　次 2017 年 5 月第 3 次印刷
书　　号 ISBN 978-7-213-07631-2
定　　价 39.80 元

---

如发现图书质量问题，可联系调换。质量投诉电话：010-82069336

目录

# 失踪

## #1

北浦市市长春田英雄，乘坐十一月九日的特快卧铺列车“北斗星号”去了东京。一行中，除了市长，还有担任市建设委员的议员四人、市长秘书一人和市议会事务局的办事员一人随同前往。为了节减费用，就没有乘坐更加便捷的飞机。北浦市的财政状况并不殷富。

北浦市位于北海道西南部，南临太平洋，散布着大大小小的沼泽和湿地，自然环境条件绝对算不上理想。从北海道的政治和经济中心札幌市乘坐支线列车到此，大约需要一个半小时。

北浦市作为日本的沙丁鱼捕捞基地曾经有过辉煌的往昔，在日本经济高度成长时期[1]，是北海道最具代表性的港口城市，也曾一派兴旺。但由于造船业大萧条带来的冲击，加之又没有其他像模像样的产业，如今不过是个经济衰退的地方城市，苦苦支撑着。

---

1　日本经济高度成长时期：一般指 1955 至 1973 年这个时期，在此期间，日本的 GDP 总值连续以 10%左右的年平均增长率迅猛增长，并且克服了数次世界范围的经济困难，使经济保持稳定和持续的发展。——译注（书中注释，如无特殊说明，均为译注，下同。）

在列车上，春田市长并没有什么异样，心情也不算糟糕。上车的时候，天色尚未昏暗下来，因此市长和其他议员们一同在座位上坐定之后，还谈笑了一阵子。

已是第二次当选市长的春田英雄，在北浦市还经营着一家酿酒厂。

春田家是北浦的世家，在当地颇得人望，正是靠着这种人望，春田英雄连续两届当选市长。

作为市长，他的手腕也很了得。跟所有的地方首脑一样，春田市长每个月要跑一趟东京，向相关的中央部委陈情，以争取更多支持，最主要的是希望补助金[1]和辅助金[2]尽快拨付。临近年末，为争取财政预算支持，像这种活动当然得铆足了劲儿。而平时，则差不多每月都要拜访一次自治省以及农林水产省、文部省、建设省等部委，往霞关町[3]不跑得勤快点可不行。

除此以外，还必须借助出身北海道的国会议员们的影响力，因此春田市长不得不频繁地出入永田町的议员会馆，请他们帮忙引见各个政党的干部。

春田市长眼下使出浑身解数向有关部委陈情的事项，是关于将北浦市北部紧邻喷火湾的旧港湾填埋掉，然后引资在原地建造工厂的规划。这必须得到相关部委的批准才能推进。而填海造地，并在上面建造一片广衍的工厂区，则需要一笔庞大的财政支出，春田市长打算通过发行地方债券来筹措资金，这又须经大藏省准许，为此，他已经几次三番前往

---

1 补助金：国家无偿下拨给地方政府或地方政府无偿拨付给公共团体等的一种预算支出，在日本，补助金除法律定义上的预算资金外，还包括各种辅助金、受益者负担金、国库委托金等。

2 辅助金：国家财政补助金的一种，主要用于促进就业和高龄者的雇佣安定等专款补助。

3 霞关町：位于东京都千代区南部，为日本司法、行政机构集中地，常用来代指日本中央官厅和各部委。

大藏省恳请。

关于这件事情的详情，从春田市长在市议会上针对在野党议员质询的答复，便可大致知晓其概要。

市长的答复是这样的：

“刚才，早川议员提出了很多问题。关于这个规划，正如之前反复说明过的，为了我市的发展，当务之急是扩建港湾。大家知道，我市还没有成规模的产业设施，一直以来都只是一个消费型城市。早川议员说，扩建港湾然后引资建工厂还没有一个完整的规划，但我想指出的是，首先，在基础产业设施尚没有完成之前，有哪个企业会认真地当回事，积极参与引资招商呢？单凭一张设计图或者一纸规划书，对方是不愿跟我们洽谈的。所幸的是，我市的南部拥有一片广阔的大海，但现在这样简陋的港口，即使拥有这片大海也无法很好地发挥作用。要建工厂，首先就要运输原材料和各种产品，如果我们能够扩建港湾、填海造地建成一片工厂用地，各个企业的考察人员来这里，就可以让他们直观地看到这里的有利条件。综上所述，我想说的就是：光靠纸上空谈绝对达不到引资建厂的目的。

“其次，关于发行地方债券，早川议员也提出了种种意见。的确，我市长期以来被财政赤字所困扰，正如我刚才所说的，这是我市历来作为消费型城市这个先决条件导致的必然结果。如果由消费型城市转型为生产型城市，我相信，将来赤字问题一定会得到解决。如果囿于当前的不利状况，放弃发展机遇，听任我市经济一步步地更加恶化，这样的消极政策我是不会采用的。恕我不敬，听了早川议员的意见，我觉得这是非常短视的观点。

（现场鼓掌声和起哄声各不相让）

“最后，早川议员认为中央官厅对于我市这个规划的态度极为冷淡，但根据我的印象，事实绝不是这样的。只是，眼下各个地方政府都在就各种各样的问题向中央政府陈情，事情堆积如山，不能指望一朝一夕就全部审核完毕。但是，由于我之前多次进京与有关负责人恳谈，估计在不久的将来我们这项规划有望付诸实施。之前每次进京都没有在议会上做出具体报告，就是由于有以上的原因，这一点虽然令我抱憾不已，不过我仍会继续努力。事实上根据我市财政的实际情况，即使是往来北海道厅[1]，我们对于差旅经费都是极为慎重的，但为了我市将来的发展，目前我们必须以长远眼光来看待这个问题，所幸的是，以市建设委员长为首，各位委员都积极支持我的想法，愿意做我的后援，因此我也感到信心十足。”

春田英雄除了每月出差去一次东京，另外还大约每三个月前往札幌一次，不过这不是以市长的身份前往，而是作为酿酒厂采购方同多个商品批发商进行联系和洽谈。

此刻列车上的主要话题，依旧围绕着出发之前召开的市议会上在野党议员早川关于市长差旅的质询而展开，谈得煞是热闹。然而，这件事春田市长根本没有放在心上。说起来，政府行政人员受到在野党攻讦实在普通得很，再说这一质询内容对他谈不上什么打击。

同行的建设委员们还兼任着港口扩建委员，四个人都是市长的同盟，因此列车内始终洋溢着平静温蔼的气氛。后来议员们在回答警察的问询时，也不约而同地证明，市长当时的样子毫无异常。

列车驶经东室兰站的时候，一行起身一同前往餐车，倒了啤酒，一

1　道厅：日本的各级行政事务机关称为“厅”，如东京都的行政机关称为“都厅”，京都府、大阪府的行政机关称为“府厅”，“道厅”即北海道的行政事务机关。

边喝一边又唠了一会儿家常。市长秘书和市议会事务局的办事员则在另一张桌子上用的晚餐。

晚上九点过后，一行离开餐车，回到各自的卧铺车厢。

市长的铺位在下铺，市长秘书有岛安太郎的铺位在市长对面。

市长换上睡衣，对有岛吩咐一声，没什么事了，随即拉上了帘子。市长今年五十二岁了。

有岛秘书躺在床铺上，看了一会儿书，因为说不准市长会突然有什么事，所以他睁着眼睛没敢睡。但是一直没听见市长叫他，于是晚上十点钟有岛便熄了灯也睡了。

第二天早晨七点左右，有岛秘书叫醒了市长。到上野车站还有大约两小时车程，这个时间差不多也该叫市长起床了。要说有什么不同往常的地方，那便是习惯早起的市长竟很难得地一直睡到秘书叫醒他。

昨天晚上大约九点多一点躺下的，照理在这之前就该醒了。有岛秘书时不时地随同市长进京，知道市长平时大多是早上六点钟便睁开了眼睛，醒来后穿着睡衣坐在椅子上，吸上一支烟。

所以，要说不同寻常的事，唯一的便是这天早上市长醒得晚了些。

车到上野站，一行下车后直接去了位于平河町的都市会馆宿舍。

在会馆稍事休息，十一点钟前后，市长出发去拜访自治省和建设省，其他几位建设委员也随同前往。按照预定行程，第二天还要去拜访大藏省，商谈发行地方债券的审批事项。

跑完两个部委，已差不多下午四点了。市长邀请建设委员们一同去银座的一家小餐馆，在那儿简单地吃过晚饭，市长独自返回会馆宿舍。几名议员嚷着还要泡酒吧，便没有起身。

“市长也跟我们一块儿去喝点吧？”

其中一名建设委员劝诱道。

市长答说："今天约了人要谈点事情，明天晚上再跟大家一起喝吧！"说罢便站起身来。有岛秘书职责在身，于是跟着也赶紧起身。

没错，市长当时的的确确说过要跟人会面，至于跟谁会面就不得而知了。

假如当时有议员问一声跟谁会面，或许至少能够弄清楚事情的大概。

春田市长叫了出租车到小餐馆门口，和有岛秘书一同从银座向平河町方向驶去。都市会馆前面便是停车场，大楼射出的灯光照在一辆辆车子上。

有岛秘书跟在市长后面刚刚下车，"有岛君，"市长回过头来招呼他，"现在几点了？"

因为市长是老花眼，看不清表盘上的数字，所以问有岛。

有岛秘书看了看手表答道："七点钟。"

"哦。"

市长的身材较一般人略矮，不过肩膀很宽，长得也很敦实。在灯光的照射下，市长的影子稍稍有点歪着头。

"时间还早哩，我这里没什么事情了，你就不必陪着我了，自由活动去好了。"

有岛秘书想起市长说过要跟人会面。如果是公务，市长与人会面的话一般都是借高级饭庄的场地，由有岛负责联系预订。既然市长说没什么事情，这一定是私人会面。

"那么，我就此失礼了！"

"没事没事。假如你去银座那边，反正这车要返回去，不如再乘它过去好了。"

"好的，那我去了。"

有岛秘书躬身致意，抬起头来的时候，他看见市长的背影朝都市会馆的大门走去。这是他亲眼目睹的。

载着有岛的出租车拐上马路，重新朝银座方向驶去。

# 2

深夜十一点半，市议会议员们回到了都市会馆。

所有人都微有醉意。有岛秘书也和议员们会合，一道喝了些酒。不过，他总有点记挂着市长那边的状况，于是一回到会馆便立即来到市长下榻的客房门前。

市长有个习惯，为了让服务员帮他擦拭皮鞋，就寝前会将鞋子放在房间门外。此刻门外没有鞋子。

有岛心想，市长还没有回来。他走下楼梯。

前台有两名服务人员，有岛向他们打听市长是否已经外出回来了。会馆的服务人员对经常下榻这儿的春田的面孔已相当熟悉。

“噢，好像还没有回来呢。”两人回答，“应该是和您几位一起外出的吧。”

“这就奇怪了。”有岛情不自禁地说道，“市长跟我们一同出去后，大概七点钟又返回来了啊，是我亲自把他送回到会馆门前的，他外出也应该是在这之后才外出的。”

“是吗？”

两名服务人员你看我，我看你，其中一人回过头去，朝向墙上的钥匙箱：“确实没有回来。那把钥匙，是市长先生和您几位一同外出的时候交给我保管的，一点都没有动过啊。”

“你确定不会搞错吗？”有岛秘书追问道，仍想再确认一下。

这家都市会馆相当忙碌，不仅有来自全国各地的议员们下榻，还有普通顾客入住。傍晚七点钟正是前台人流最混杂的时候，因此有岛担心，有可能因为服务人员太忙，记错了。

“不会的，市长先生确实没有中途回来过。七点钟左右，只有两三名顾客进来，如果市长先生走进来的话，我们一眼就能认出来。再说，钥匙也是外出之前挂在那里的，一动也没动过，所以肯定没有错。”

无奈，有岛秘书只得上楼，回到自己房间。

——自己确确实实将市长送回到会馆门前，并且亲眼看到市长的背影走向会馆入口的。如果没有进入会馆，那么市长也可能乘坐别的出租车去了什么地方，自己乘坐的车子先驶离了，所以后面的情形并没有看见。

有岛想起来，市长好像和谁约好了会面的。市长外出大概便是与这个人会面去了。

总觉得事情有点古怪。有岛不知道市长和谁会面，但如果是去赴约，乘出租车直接去会面地点就行了，何苦特意折返会馆再换乘一辆出租车呢。不过，有岛秘书猜想市长可能就是这么回事，所以也没有再往下深思。

当晚，一名建设委员通过内线打来电话的时候，也因为这种猜想，竟使得有岛秘书自说自话地做出了这样的答复：“市长先生暂时还没回来，说不定很快就回来了。”

但市长没有回来。

翌日早晨，有岛秘书八点半左右来到市长的房间门口。仍然没有鞋子。正常来讲，这个时候市长已经将服务员擦拭好的鞋子拿回房间了也是有可能的，不过有岛秘书当即凭直觉意识到，市长昨夜没有回会馆。这样的反应，作为秘书自然有他的理由。

为慎重起见，有岛敲了敲房门，没有应答。自然，房门也是紧锁着的。

此时，有岛秘书故意不去通知其他议员，而是回到自己的房间用早餐。吃完早餐，大约九点钟，此时内线电话响了起来。

“有岛君吗？”是一位建设委员的声音，“市长起来了吗？”

有岛回答说：“哦，我还没有去市长的房间看过，我这就跟市长联络。”

“嗯，快点联络吧。今天预定的是几点钟出发去大藏省啊？”

“十点半从这儿出发……不过，听市长的意思，好像说是稍稍晚点也没关系。”

这是有岛秘书擅自主张的，市长并没有说过这样的话。有岛秘书的言外之意，是将原定十点半出发的时间稍许延后一点。考虑到市长返回会馆可能会耽延，他才这样说的。市长可能迟回会馆，也完全是有岛秘书自己那样估计而已。

不过有岛秘书还是有点慌了。他吃完早餐，再次来到市长的房间外，敲了敲门，房门依旧是紧闭不开。他看了一下手表，马上就快十点了。

拜访大藏省之前，市长要和建设委员们碰个头简短磋商一下的。现在磋商的时间迫在眉睫了。

有岛秘书不想让其他议员们知道市长昨夜未归。正是出于这样的顾虑，他才自作主张将预定的时间往后延。

“有岛君吗？”又有一名建设委员打来电话，“市长吃完饭了吗？”

有岛犯难了。

“我还没去市长房间，市长先生在自己房间用早餐，不知道现在完了没有。”

“我们差不多该集合了，你去问问，看看咱们怎么会合。”

“明白了。”

有岛秘书第三次来到市长的房间门口。

## # 3

市长昨夜外出之后不知所终了。确认这件事情，已是十一点多了。

四名市议会的议员光火了。本来预定好了今天十点半左右前往大藏省陈情，而且千辛万苦才恳请对方安排出时间来的，现在计划被彻底打乱。

市长究竟去哪儿了？

“有岛君！”针对市长秘书的问询还不如说是诘问，“你始终跟着市长，市长昨天晚上去了哪里，你应该大致知道的吧？”

事实上，市长每次进京总是有岛秘书跟随，所以这么问也合乎情理。之前有岛一直在尽力自圆其说，可事已至此，再搪塞也不顶事了。他也和所有人一样，对市长下落不明感到百思不得其解。

“这个……我也不清楚啊！”

“市长每次进京，除了会馆，有没有在其他地方投宿过？”

“我印象中没有过这种情形。”有岛垂下眼帘答道。

“印象中没有过……喂，我问有过还是没有过这种情形，你怎么可以这样含含糊糊地回答！”

“……”

“我们又不是每次都跟市长一起进京，再说，昨天晚上跟市长是分开活动的，不可能知道所有的事情，而你应该最了解情况呀。”

有岛脸上露出为难的神情。

“喂，万一市长要是出点什么事情，怎么办？假如你是出于为市长着想而隐瞒什么的话，岂不是反而将事态弄得更糟糕？眼下，你只有把你知道的全都告诉我们！”

受到这样一通诘问，有岛满脸涨红，垂下了头。终于，他不得不吐露出这样一个事实："我也不是十分清楚，不过市长确实时常不在会馆睡觉。"

"什么？时常？"

"是，市长并不总是在这家会馆宿舍睡觉，也在其他地方过夜，有时候傍晚时分出去，第二天早上十点多钟才回来。"

"市长去了什么地方？"

"这我不知道。我想我不好多嘴多舌去问，市长也没有主动向我解释过。"

几位议员面面相觑。

每个人的心思不约而同，从市长早上才返回会馆宿舍这一事实来看，很容易想象，他或许在东京某个地方有个相好的女人。

"喂，市长住在什么地方，你大概能猜得到吧？"

这句话的潜台词便是，这种事情是有岛秘书秉承市长的授意，为其私下安排的。

"不不，我真的一点都不知道啊。"

市长进京自然是办理公务，陈情以及其他事情完毕之后，剩下的便是自由时间，特别是晚间，无事一身轻，市长个人想做些什么事情，完全无可厚非。然而像今天早上这样，迟迟不归，预定好的陈情活动也被耽搁，这就不能不视作问题了。

还有，此刻浮上议员们脑海的便是市长的频繁公出进京。这也正是此次进京之前，在市议会会议上受到在野党议员指责的。他们心头不由闪出这样的疑问，市长会不会借着公出的名义，在东京处理个人私事？虽然四名建设委员都属于市长派，但出了这种事情，自己也陷入了需要负连带责任的境地。

实在叫人不敢相信。春田英雄的私生活向来谨肃，从未听说他有什么男女关系方面的传闻。再说，当选市长之前，春田一直在家乡经营酿酒厂，跟东京可以说几乎没有任何关联。假设春田在东京真有这样一个女人，那也是当了市长以后的事情，换句话说，这女人是他公出进京的时候结识的。

议员们还是有一丝不安，因为春田市长再严谨，男女这种事情可不好说，说不定……即使春田市长夜宿女人那儿，可他毕竟不是将公务抛到脑后的人哪，到了这会儿仍不见人影，不能不叫人担心会不会发生什么意外。

一名委员又向有岛发问："你每次进京总是跟市长左右不离，市长住在哪儿你心里一点也没数？即使市长什么也没说，你对市长的行踪也总该有所推测呀，是不是？市长夜宿不归说明他在这儿有女人对吧？"

"这个……"

"事已至此，现在不是考虑市长名誉的时候了，为了市长的安全，赶快把你所知道的全部详详细细说出来！"

时间已是下午一点。市长到现在还没返回，也没有任何联络，市长一定遭遇了什么变故，这一点是毋庸置疑的了。

# 诡秘的东京之行

## # 1

市长仍旧未见踪影。必须考虑一个迫在眉睫的应急对策。

建设委员们同有岛秘书还有随行的市议会事务局的办事员合计，决定议员们立即拜访原定上午前往的大藏省，相关官员为此专门安排出了时间还在等着呢。还有，议员们决定拜访市长原本计划接下去拜访的农水省。无论如何，对方已经做好了跟自己一行会面的预定，总不能让对方空等一场吧。

春田市长不是那种嗜酒如命的人，所以不可能外出喝酒喝到烂醉，以至回不了会馆的程度。以他的性格来讲，迄今为止，这样荒唐的事情一次也不曾发生。再有一种情形，便是市长遭遇了某种不测，能够想到的譬如交通事故，况且市长很放松地独自外出，遭遇预料之外的突发事故是完全有可能的。倘是这种情形，就更加毫无线索了。

此刻每个人的心思不约而同，仿佛都有种预感，想象着正在众人担心的时候，市长忽然摇晃着身子回到了会馆宿舍："哎呀，实在是……"搔着头皮出现在众人面前。因此，众人没有向警察署报警。冒冒失失报警，将可能招致莫大的耻辱。

议员们离开后，有岛秘书留守会馆宿舍，因为他要时时保持与外出的议员们的电话联络。

两点钟左右，有岛房间的电话响了。

“市长还没有回来吗？”

电话是前往农水省的建设委员远山庄三打来的。远山在市长派议员中算是主脑，他担任着建设委员会的委员长。

“还没回来。”有岛照实回答。

“哦？真是的。”听筒中的远山议员的声音带着特征明显的乡音，“我们到了农水省，被官员们狠狠教训了一通哪。好了，过一小时我再和你联系。”

远山说罢，挂断了电话。

有岛能够想象出这些一把年纪的市议会议员被年轻官员数落，垂头致歉的情形。在几个地方小城市议员的面前，官员们肯定是一副威势逼人的做派。

三点半，远山第二次打进来电话。

“是吗？真的麻烦了。有岛君，你真的一点线索也没有吗？”远山在电话中忍不住诘问起有岛来。

“唉，是真的，我……”

“我们现在在大藏省，又被训斥了一通，说你们市长先生到底怎么回事啊？这次进京算是彻底砸了锅！”

最后一次电话打来是五点不到，从住宿在议员会馆的原岛国会议员房间打过来的。原岛礼次郎是从北海道选出的众议院议员，是国会下属的建设委员会委员，他在建设省人脉广，关系多，对此次港湾填海造地计划给予了诸多关照。为此，市议员一行专程去议员会馆拜谢他了。

“您几位辛苦了。”有岛冲着听筒中远山的声音哈腰说道，“市长还没有回来。”

“知道了。既然如此也没有办法，等我们回都市会馆后再商议吧。你先不要外出，等我们回去。”远山命令有岛原地待命。

市议会的四名议员返回会馆宿舍，已经是傍晚六点半了。

“市长还是没回来？”

远山一踏进有岛的房间便问道。看样子，他在各省受到了严厉的训斥，此刻情绪非常低落。

“到底上哪儿去了呢？”

最终的疑问仍然落到这个节骨眼上。

“要不，往市长家里打个电话试试？说不定进京之前，无意中跟家里人透露过要去哪里办点私事什么的。”

有人提议道。

“可是，这种事情必须慎重啊。”远山不赞同这个提议，“万一市长什么也没透露过，贸然这样做只会让他的家人担心哪。再有，市长在东京失踪的事要是不留意被当地的报社知道了，肯定会引起一场骚动，我们几个也会遭指责的，说我们随同市长一起进京的，我们在其中到底干了些什么。”

远山的话十分在理。

“哎，有岛君，”远山又转向秘书，“你有没有给市长进京时经常去的餐馆或者酒吧去电话打听过？”

“我打电话给市长每次款待客人时光顾的餐馆了，不过，他们都说没有见过市长啊。”

“像这样的餐馆，在东京一共有几家？”

“两家。”有岛列举了两家餐馆的名字。

“酒吧呢？”

“酒吧的话，议员先生们更清楚嘛。”

市长经常和议员们一同前去把杯解闷的酒吧，一间是银座后面巷子里的“文殊兰”，另一间是位于新宿的“霍屯督人”[1]。

“现在时间还早，妈妈桑应该还没到店里呢，所以我想过一会儿再打电话问。不过，我猜想市长昨天晚上不会去那儿喝酒。”

市议员们同样是这样想的。这两间酒吧并非春田市长最先发现的，而是早先市里的议员们进京之际就经常光顾的，市长只是蹈袭故道而已。

七点钟。

到晚餐时间了，但嗜酒的议员们此刻似乎没有心情安安静静待在会馆用晚餐。

“我们在这里傻等着，市长到底什么情况也不会有结果的。”还是远山议员发声，“嗯，再等一晚看看事态究竟如何，要是今天晚上市长还不回来的话，就要考虑最后对策了。有岛君。”

“哎……”

“我们出去吃点东西，争取马上就返回来，你辛苦一下，留下来等电话。”

“知道了。”

议员们暂时就最后对策拍板定夺，一行先去解决口腹问题了。一来，轮流拜访各省的时候受了气，必须找个地方舒缓一下情绪；二来，事实上他们即使待在会馆一时间也想不出什么对策来。

有岛送走议员们，提起话筒，一面翻看着笔记本一面拨动拨号盘。

“文殊兰”的妈妈桑拎起了电话听筒。

---

1 霍屯督人（Hottentot）：欧洲人对非洲科依桑人的蔑称，意为口吃的人。

“你是说市长先生？没看见呀……哦，最后一次什么时候来东京的？……是呀。这我就不知道喽……好的好的，请您务必陪同市长先生今晚或者明天一道光临啊！”

有岛当然没有把市长失踪的事情说出口。

“霍屯督人”是一位上了年纪的女招待代替妈妈桑接的电话。

“市长先生？昨天晚上没见着呀……是啊，昨天晚上我一直都在店里，肯定没错的……妈妈桑？是这样的，她说今天有点事情，要晚些时候才来店里……市长先生如果来东京的话，千万光临我们店哦，妈妈桑肯定高兴得要死哪！”

## # 2

有岛走出都市会馆，乘上一辆驶经门口的出租车。

“去饭仓。”

他简短地吩咐司机。

出租车下了三宅坂驶入青山大道。市中心街道的霓虹灯光透过皇居那片黑黢黢的森林射出来，银座一带璀璨的灯火仿佛极光一样，将夜空映照得明晃晃的。

有岛还有一条线索没有向议员们和盘托出，这便是他此刻前往的饭仓，因为市长曾经对他下过封口令，千万不可向任何人透露出去。估计春田市长原本连有岛也不想告知的，但他是秘书，有时还需要他联络安排，市长不得已才没有对有岛保密。

有岛心想，只要到那里去打探一下，大概能得到些许春田市长的线索。昨天晚上，自己送市长回到都市会馆门前，市长佯作走进会馆的样子，却直接去了别处。倘若平常，像这样前往不想被任何人知晓的地方，总会悄悄告诉有岛一声。然而，这次市长却没有这样做。

因此说，有岛也只不过抱着一丝朦朦胧胧的期许，希冀能在那儿捕捉到一点关于市长的线索。他甚至生出这样一个想法：因为春田市长每次进京这似乎已成了惯例，说不定春田市长忌惮自己的小聪明，这次故意瞒着自己不说。

过了六本木交叉路口，向前行一百来米向左拐，这一带集聚着许多小餐馆、茶饮店、酒吧等。

有岛在这里下了车。他拐进其中一条巷子。

巷子里有家餐馆，门面显得非常阔大。门口的店招上写着“矶野”。有岛走进洒过水的门厅。

“欢迎光临！”站在门厅的一名资深女招待抬起头来看着有岛。

“哎哟，您什么时候来东京的？”

女招待一句话，登时让有岛知道了，昨天晚上市长没有来过这儿。

“昨天才来的。”

有岛曾几次奉市长吩咐来过“矶野”，所以，算得上是这名三十上下、身材微胖的女招待的熟面孔了。

通过数次交谈，有岛得知她也是北浦市人，现在还有几名亲戚住在北浦，而那家亲戚恰恰是有岛也熟识的，所以他同这名女招待可以轻松地想说什么就说什么。不过，他没有贸然问她市长有没有来过，毕竟这件事情弄不好有可能演变成大麻烦的。不管怎样，先跟餐馆老板娘见上一面再相机行事。

“老板娘在吗？”

“在的，她在后面。对了，您今天没跟市长先生一起吗？”女招待轻声问道。

“嗯。”有岛含糊其辞地应着，跟在女招待身后朝后面走去。这一声“嗯”等同于回答了。

女招待没有领他登上宽宽的、光滑锃亮的榉木楼梯，而是把他带到了楼下走廊尽头的一间小屋子。

“我这就去请老板娘过来。”说罢，女招待消失在走廊上。

有岛不太清楚市长同这家餐馆究竟有什么样的关系。作为秘书，他只有遵从上司命令的份，不可以询问理由。为此，他只能发挥自己的想象，但即使想象出什么结论，也绝不能在市长面前有一丁点儿显露。他只能不动声色地绝对服从市长的命令。

按照有岛的想象，市长同这家矶野餐馆有着某种亲密关系，是男女方面的，也就是一同公出进京的建设委员们在市长失踪后第一时间不经意透露出来的“女人问题”。事实上，市长之前就有过这样的先例，来这家餐馆之后便夜宿不归。

但是，是不是夜宿于这家餐馆则不得而知。从这里再转至其他场所也不是没有可能，换句话说，市长利用这儿作为中间点，在别处另有落脚的地方，这种推测也是可以成立的。

这儿的女招待有岛几乎全都认识，但他想不出有谁能够令春田市长动心。每次奉市长之命来此办事，有岛总是按捺不住心底深处的那份好奇心，然而女招待们的言行举止，却没有丝毫能够让有岛往那方面联想的意思。

老板娘五十岁上下，体重约莫六十公斤，身体壮硕，像个相扑女力士似的。无法想象，春田市长与这个老板娘之间会有什么瓜葛。当然，男女之事是不能以常识来判断的，年轻的有岛仅凭肤浅的观察自然捉摸不到，不过，有岛根据市长与老板娘之间你来我往的对话来分析，两人应该只是餐馆经营者与常客的普通关系。

老板娘走进屋子。她头发稀落，显得额头特别宽，一对细眼忽闪忽闪地来到客人面前，开启她的伶牙俐齿。

“哎呀呀，有岛先生，听说您昨天来的东京？我一点都不知道嘛。”

“是啊。”

“那样的话，怎么也不来个电话呀？还是下榻在平河町老地方吗？”

“嗯。”

“市长先生很忙吧？”

这时候，女招待端来了茶和小点心，有岛于是稍稍隔了片刻才接上话茬。“其实是这么回事，老板娘，”有岛啜了一口茶，抬起头来，“昨天晚上市长没来过这儿吗？”

“没有啊。”老板娘眯缝的细眼略略睁大了些。

“是吗？这就奇怪了。”有岛歪着头说。

“哎哟，有什么事吗？”

“哦，什么事也没有，我只是瞎猜想，昨天晚上市长可能到这儿来过，所以就问问。”

“昨天晚上真的没来过。对了，你们上次进京是什么时候来着？”

“上月的十号。”

“没错，进京第三天，应该是十二号的晚上来过，再就没有来过……是不是出了什么事？”老板娘说着，好像是在观察有岛的脸色。

“老实跟你说吧，老板娘……”

有岛心想，即使过后市长回到会馆，这件事情顶多挨顿训斥就会过去的，因此，他开诚布公地将事情的来龙去脉统统告诉了老板娘。退一步讲，若是不这样，肯定一丝线索也得不到。

“是这样啊。”

老板娘若有所思。

有岛若无其事地仔细观察着老板娘的表情。可是，从这个细眼、低鼻、小嘴的圆脸女人身上，捕捉不到一点点他可以据以判断的反应。

“这事真蹊跷啊。”老板娘也跟着一起沉思起来。

“是蹊跷。我本来猜想，市长肯定是到你这儿来了，所以还蛮安心的哩。”

“没有哇，有岛先生！市长先生确实经常来我店里喝喝酒、解解闷，可是一次也没有在我这儿宿夜过呀。”

“没在你这儿宿夜过，这么说还有别的地方是吗？”有岛抓住了老板娘不经意中露出的话把儿。

“没有啊。”老板娘不慌不忙，“据我所知，市长先生没有这样的地方……对了，这种事情，您这个当秘书的不是再清楚不过了吗？”

“这倒是。”有岛被老板娘的反问噎得无话可答。他感觉，对方似乎是在竭力搪塞，但他却不能再穷追不舍下去。

“市长先生嘛，”老板娘说着从眯缝的细眼中打量有岛，“即使来我这儿，也只是一面用筷子撮着砂锅菜，一面笃悠悠喝点酒而已。他那样的人，成天被您啦还有议员们啦围着奉承拍马，就想独自一个人好自由自在些。所以说，即使到我店里来，也绝对没有那方面的想法。”

“是吗？”

“这一点您必须理解他呀。市长先生最信任您了，所以您也要多替市长先生着想才是啊。”

“我当然替市长着想啊。像今天这样子，他也没跟我打一声招呼，突然失踪了，我真着急啊。还有，今天原本要去拜访部委向他们陈情的，结果砸了锅，一同进京的议员先生们光火了，只有我真心急得火烧火燎啊。”

“这么说还真有点奇怪呢。”老板娘皱紧了眉头，“像这样的事之前有过吗？”

“没有过，除了到你这儿之外应该没有过……说起来确实奇怪，不瞒你说，市长自从来过你这儿之后，就开始夜不归宿了，而且对我没有任何吩咐，所以我就以为昨天晚上是到你这里来的哪。”

“哦？这可是头一次听说呢。”老板娘道，可她的样子似乎并不怎么吃惊。

“哎，有岛先生，除了我家之外，是不是还有另一家？”

有岛登时两眼放光：“你想到什么了？”

“不是，我只是听了您刚才说的，随便想象而已，没什么有根有据的线索呀。”

“市长每次在外面过夜，都说是上你这儿来。那像这种时候，一般市长是几点钟从这儿离开的？”

“嗯……早的话来了很快就回去，晚的时候也就十点多吧，因为一到十点钟，店里就不再接受客人点单了。”

“从你这儿离开的时候，会有谁送市长一程吗？”有岛寻思，可能此时有某个女招待随同市长一起离去。

“不会的，每次都是我们帮他叫辆出租车，他乘出租车返回去的。”

“不是固定接送的包租车吗？”

“市长先生哪有那么讲究，就是我们在路边帮他叫的普通出租车。”

听了这话，有岛的反应是，市长之所以不乘包租车，果然是不想让别人知道他去的地方。根据经验，市长虽然在外宿夜，但每次必定上午十点钟左右返回会馆，而有岛的职责便是要在这段时间内，竭智尽力，不让一同进京的市议员们知道市长外宿这件事情。

有岛给现任的春田市长担任秘书有两年半了，他的前任移调总务部升部长了。之前，有岛曾经将市长外宿的事情悄悄向前任透露过，如今已是总务部部长的那位前任秘书带着神秘的表情反问道：“哦，有这样的事？”

“您当秘书的时候，也有过这样的事吗？”有岛问。

“呃……好像不大有吧。”

“不大有，就是说还是有过的对吧？”

“嗯，我是担任市长秘书后第二年才开始陪同市长公出进京的，一同进京的次数也没几次，说起来，是有过一两次，市长说要上某个远房亲戚家去，然后就在外过夜了。”

“是东京市内的吗？”

“去什么地方倒没听他说起，不过第二天上午十点左右肯定返回来的，所以我猜想，应该不太远吧。”

有岛想起那时与前任秘书的对话。他有点后悔，早知有今天这样的事态出现，当时把市长外宿的地点打探清楚就好了。如果市长返回来了，这次一定要问清楚，并且记在本子上。

可是，自有岛接任秘书以来，市长一次也没有说起去远房亲戚家的话，这该怎么解释呢?

按照一般的思维，秘书换了人，有岛作为新任秘书，市长对他理应比较放心，关于这家“矶野”的事情也会透露给他，只不过命令他不得向别人外传。有岛想，可能因为前任秘书原来是前任市长的秘书，所以春田市长在其面前多少使一点障眼术吧，这样推测或许更加合理。

想起之前的对话，有岛于是问道：“你有没有听说过，市长在东京有个远房亲戚？”

“没有，”老板娘将胖粗的脖颈缓缓地左右晃动，“从来没听说过这个事情。”

“是吗？”

最终，有岛一无所获离开了“矶野”。

市长跟这家矶野餐馆究竟是什么样的关系呢？

依照市长的简短解释，是“我知道的一家餐馆”。对此，有岛身为秘书不能单刀直入向老板娘打听清楚这层关系，本想找个女招待暗地里打探，可转念又想到，这些女招待一准转眼便将此事报告给老板娘，万一传到市长耳朵里，少不了挨一顿骂，于是只好作罢。

不过，假如市长明天、后天，甚至一直也不现身的话，那么，市长与“矶野”的关系，还有市长与所谓的“远房亲戚”的关系，就必须往下好好查一查了。

有岛九点半左右回到都市会馆，打算尽量赶在议员们返回之前回到自己房间。这帮议员大人来到东京，不会只喝一家就甘休，依他们的习性肯定会好奇地一家家逛过去，基本上要喝到夜半十二点、一点钟。当然，今天因为市长之事，估计可能不至于那样纵情吧。

有岛刚走到大堂，一名服务员便上前告诉他：“您回来啦？远山先生请您给他房间打个电话。”

有岛一惊：“市长回来了？”他不由自主地问道。

“不，市长先生还没有回来。”

这么说，大概是远山那边有了关于市长的线索。又或者，远山等人尚未回来有岛便已经外出，期待着发现什么线索，此刻等着听他报告吧。

“哎，听说你出去了，是不是市长的去向有线索了？”

有岛进入房间，远山议员穿着会馆的睡袍坐在床边，露出一条毛烘烘的腿，正在剪趾甲。他脸孔醉得通红，使得半白的头发更加显眼。

“不，还是没有任何线索。”有岛说着在远山对面的椅子上坐下来。

“是吗……听说你去了什么地方，我还以为你发现什么线索了哩。”

远山议员剪完大踇甲，指甲钳又移向下一个脚指甲。

“没有……抱歉，我到银座去了趟，办点个人的私事。”有岛搔着头皮说道。

“你出去之前，早川有没有给你打过电话？”

“你说早川先生？”有岛愣愣怔怔地没有反应过来，“是哪位早川先生？”

“还用问吗？早川准二呀！”

“啊？！”有岛瞪大了眼睛，“早川先生来东京了？”

有岛眼前浮现出北浦市议会那位蛮悍武士与保守的市长派针锋相对的“猛士”的身影。就在此前的市议会会议上，他还揪住市长进京陈情的事大肆攻讦。

“好像是来了。”

远山放下指甲钳，收起腿来，随意瞅了有岛一眼。大概有点喝醉了，通红的眼睛定恹恹地发直。

“您是怎么知道的？”有岛问。

“刚才森下来电话说的。”

森下是远山手下的一名议员。

“电话中也说不清楚。”

大概是空调开得太热了，睡袍的前襟撩开着，腿根儿处露出了脏兮兮的内裤。远山在北浦市经营着一家土建公司。

“森下说在车站遇见他了，两人乘的是同一趟车，下车分手后，看到早川乘上了开往函馆的‘北斗星 12 号’，看到早川心事重重的样子，还让他多加小心哩。”

“那是什么时候的事情？”

“前天。”

"北斗星 12 号"的终点站是函馆，不过由于换乘开往青森的列车很方便，可以经由它转乘直通上野的特快卧铺列车"白鹤"号。"白鹤"号到达上野车站是六点三十七分，用过早餐，便可以第一时间赶往中央各部委，所以人们进京陈情时经常选择这趟列车。

"哦，听您这么说我才刚知道。"

有岛脑海里，立刻将市长的失踪与这名在野党的蛮悍武士此次秘密的东京之行联系起来了。远山似乎也有同样想法。

"早川准二这家伙，居然不露声色地跑来东京了！哎，你听到过什么动静吗？"

"没有，我一点也不知道。"

"你说是吧？太可疑了！"远山歪着头道，"他既然想瞒着我们反对派偷偷进京，当然不会跟你联络的，我只是慎重起见才问一声。"

"哦。"

"你可要小心哪！"

"哎。"

说要小心，可具体应当戒备什么却茫然无绪。不过，早川秘密进京这件事，确实令有岛感到有点不寻常。

"早川到东京来，会住在哪里？"远山问。

"呃……他虽是文教委员，但对于议员进京陈情一向是唱反调的，所以他自己很少来东京……不过，上次他来东京的时候，好像是住在北海道驻京事务所附近的田中旅馆。"

"你马上给田中旅馆打一个电话，问问早川是不是住在那里。"

"知道了。"

有岛取出笔记本，随即提起桌上的电话话筒，向总机报上对方名字，隔了一会儿，旅馆账台的一名人员接起了电话。

“没有，他不住在我们旅馆。”

有岛将通话结果报告给远山。

“你瞧，那家伙既然偷偷地到东京来，肯定不会住在那么容易找到的地方的。”

“可是，早川先生为什么要急急忙忙地跑到东京来呢？”

“谁知道！当然喽，来办私事也说不定。”

远山说着，从坐着的床边站起身来，走到桌前拿起一支香烟。

“好了，你回房间去吧，如果再有什么异常情况发生，哪怕是大半夜，也要给我房间打电话！”

“知道了。”

有岛道了告辞，走出远山的房间。

早川准二走上公寓的楼梯。一件穿旧了的灰色大衣从他厚实而宽阔的肩上披下来，踏着水泥楼梯拾级而上的皮鞋因沾上尘土而发白，裤子的褶线也走了形。

公团[1]建造和管理的公寓楼好几栋并排矗立着，仿佛一座要塞，露着雪白的墙壁，早晨的阳光照在上面有点炫目。

时间已超过十点，因此路上上班族的身影稀稀拉拉。早川准二微微低着头，从二楼再往三楼走，步子显得有点蹒跚。他衬衫的领口解开着，领带歪斜，宽宽的肩膀上面是一张与之非常匹配的脸：粗眉大眼、阔鼻子、厚嘴唇，嘴唇两端感觉像猛然折断了似的向下耷拉着，脸上刻着深深的皱纹，高颧骨，下巴的线条绷得紧紧的。总而言之，早川准二的容貌就

1　公团：日本为推动国家性质的事业的发展而由政府出资设立的特殊法人，如住房和城市建设方面有住房与城市建设公团，道路建设方面有日本道路公团等。

好像是在一个粗涩的轮廓内，用浓墨和渴笔[1]一气画就的。

早川准二登上四楼，喘着粗气，眺望着一直线延伸开去的长长的走廊。有孩子在走廊上玩耍。

早川从走廊口数着门牌号向前走，来到 402 室门前停下，用粗壮的指节敲了敲门。

“来啦！”

从屋内传来女子的应答声。

走廊窗户透进来的阳光射在磨砂玻璃上，映出女子的朦胧身影。门的另一侧响起启锁的声音，门开了。

屋门口站着一位二十四五岁的女子，身穿一件红色毛衣，裙子外还扎着一块围裙。

“哎呀！”

女子两只眼睛瞪得老大，半天没说出话来，一副非常吃惊的样子。

“爸爸！”

她盯视着早川准二，仍呆呆地站着没动。

早川没脱下大衣，也没有进屋。

“您什么时候到的？”

“哟，芳夫已经上班去啦？”

“哎，早就走了，您瞧，我这不正在打扫房间嘛。”

“是吗？”

早川这才跨进房门。

女儿扶着父亲的后背问道：“太意外了，事先一点也没有通知嘛。是几时起程的？”

---

1　渴笔：即枯笔，书法和水墨画的一种笔法，写字或作画时笔尖蘸墨较少，书画间有露白。

“昨天早上。”

早川准二穿过逼仄的厨房区，走进六蓆[1]大的房间。冬日的明媚阳光从房间正面的窗户射进来，照在榻榻米上。屋子四周摆放着簇新的日常生活用具，一眼就可以看出，这是一对新婚夫妇的家。

“喂，你过得好吗？”早川回过头看着身后正帮他脱大衣的女儿问道。

“嗯，您看呀，很好啊。倒是爸爸您看上去很疲惫啊。快，到那把椅子上坐下再说吧。”

窗边是一个勉强分割出来的会客区，女儿为父亲搬了把椅子放在那儿。

“真是太意外了……”

父亲吭哧一声弯腰坐下来。

女儿仔细打量着他，随即又开口道：“这么说，昨天晚上您是住在东京的？”

“嗯。”他不由自主地用粗大的手轻抚着下巴。

“这次还是为了市里的事情公出来的吧？”

“嗯，差不多吧。”

“昨晚还是住在上次住的那家旅馆？”

“嗯？”他又不由自主地用手去摸歪斜的领带，“是啊。”他点点头。

“既然这样，那打个电话来多好啊，上村知道了肯定高兴。”

“是吗？本来是想打的，可是事情又多又烦，拖到今天，干脆就直接来了。”

“爸爸您辛苦了。市议会议员什么的索性辞掉算了……我这就给你泡茶。”女儿走向厨房，声音从那里继续传来，“哎，爸爸，和子好吗？”

---

1　蓆：即中国人熟悉的“榻榻米”，日本传统的和式住宅中也用来作为计算居室面积的量词。一蓆即一张榻榻米的标准尺寸，长 180cm、宽 90cm，折合 1.62 平方米。

父亲从窗帘旁朝着女儿的红色毛衣应答："噢，她很好，还让我替她问候你哪。"

二人说的是女儿的妹妹。

"是吗？跟她好久没联系了，老想着给她写写信的，可是您看我现在，家务活太多啦。"

父亲没作声，眼睛望向窗外。

层层叠叠、一望无边的屋顶之间，夹着几株光秃秃的树。住宅区内的白色道路上停放着一辆卡车，五六个孩子围着卡车绕圈走。

# 请求搜寻

# 1

女儿在厨房沏好茶，又拿了些曲奇饼干，盛在盘子里端过来。

“喏，我给您放这儿啦。”

“噢。”

早川准二端起茶杯，用粗大的手指攥着。

“信子，”他唤着女儿的名字，“芳夫几点钟下班啊？”

“六点半左右吧。赶上下班高峰，路上堵得厉害。”

“他今晚没有其他安排吧？”

“没听他说起过，我想应该没有吧。”

“是吗？”

早川啜了一口茶。他猫着腰，好像屈身下蹲的姿势。

女儿注视着父亲的脸：“爸爸，您看上去很累啊。”她体贴地说道。

“哦，是吗？”

“是的呀。以前来的时候，总是精气神儿十足，信心满满的，可是这次怎么看着好像有点心神不宁啊。”

“大概是因为昨天晚上睡得少的关系吧。”

“啊？昨晚上没睡好？”

“好久没来东京了，可能莫名其妙地有点兴奋吧。”

“既然这样，您再睡一会儿吧，脸色看着不太好啊。”

“是吗？”

早川将攥在手里的茶杯随下巴一同朝后打了个仰。这个动作是想掩饰自己疲惫不堪的倦容。

“不要勉强自己呀，我这就给您拿被子去。”

“那我就躺一会儿啦。”

“太好了，您稍等呵。”

信子从壁橱里取出被子，摊开在榻榻米上。

“哎，爸爸，”信子一面铺被一面说道，“两三年前的您，那多精神啊，还经常上老家的报纸呢，都说您是市议会数一数二的斗士！”

“那是啊。”

“我还隐隐约约记得爸爸当年搞工会活动时候的样子呢，经常组织罢工来着，那还是昭和[1]四十年左右的事吧？”

“那个时候，‘劳联[2]’运动还很盛行嘛。”

“一搞起工会活动，爸爸真的就是什么都不顾了，为此市议员选了三四次都落选了，每当那时候，爸爸就像只受伤的狮子一样，越战越勇。各色各样的人都跑到咱家里来，差不多每天晚上爸爸都跟他们一块儿喝酒、慷慨陈词……还好，总算爸爸的辛苦得到了回报。”

信子给被子换了个被套。

1　昭和：日本的年号，自 1926 年起至 1989 年止。

2　劳联：“劳动组合联盟”“劳动组合联合会”等的略语。

“以前的事情你还记得很多哪。”父亲猫着腰接口道。

“那当然啦，因为那个时候爸爸吃了很多的苦啊。不过，爸爸的辛苦得到了回报，现在好了，市议会议员连续当选呢。”

“全靠大家在底下支持嘛。”父亲仍旧猫着腰。

“爸爸真了不起！还没有什么人像爸爸这样，不靠别人资助，完全靠自己的实力成功当选的呢。虽然日子过得清苦，可我觉得很自豪。爸爸，您现在还会这样的，对吗？”

“嗯。”

父亲伸手去拿曲奇饼干。

“在革新派中，爸爸最了不起了，虽然另有派别首脑什么的，可是跟爸爸根本没法比。”

“那是当然，”父亲附和道，“谁都不可能忽视我的存在，不管保守派那帮家伙们想玩什么花样，我有市民的支持！”

“这是爸爸最有力的武器呢，碰到什么棘手的事情，爸爸立即召开市民大会啦，报告会啦，对吧？”

“对，这对那帮家伙是最有力的回击！因为我不会在背地里搞种种诡计，我是直接向民众呼吁呀。”

“……好了，铺好了。”女儿在铺好的被子上拍了拍。

“噢，那我就睡喽？”

早川站起身，将上衣脱下拿在手上。女儿把衣服接了过去。

“衣服上怎么没有戴议员徽章啊？”

“哦，那个嘛……”早川笑着道，“一到东京，戴着那个玩意儿真难为情，所以我特意摘下来了。”

“有什么难为情的呀？就堂堂正正地戴着嘛。爸爸头一次戴上议员徽章的时候，不是像个小孩子似的，高兴得不得了吗？”

“唉，今非昔比啦。”

“可是您不是一直说嘛，不管做什么事情都要对得起这枚徽章。再说，以前您来东京的时候不是也戴着的吗？”

“不过现在越来越觉得不好意思了。”

“爸爸怎么也说泄气的话了？您把它放哪儿了？我给您别上去。”

“应该放在上衣的内袋里了吧。”

早川说着，脱下衬衣，换上女儿拿来的女婿的浴衣。

“芳夫的浴衣真长啊，把我的脚脖子都快遮住了。”

“哎呀，还真是。”

“看上去他跟我身高差不多嘛。大概是我上了年纪，个头缩了。”

如果换个角度来理解，早川这话也可以理解为故意在岔开话题。

“吭哧”一声，早川钻进了女儿为他铺就的被窝。

“嗬嗬嗬，还是睡觉最舒服啊。”

“爸爸，给您把香烟拿来吧？”

“噢，好啊。”

信子一面收叠起父亲脱下的裤子，一面问道：“哎呀爸爸，昨天晚上上哪儿去了啊？”

“嗯，”早川忽地睁开眼睛，“怎么了？”

“还怎么了，裤子弄得这么皱皱巴巴的，我还想问您怎么了呢。”

“……”

父亲一时说不出话来。

## # 2

北浦市市长春田英雄失踪是确凿无疑的了。

市长下落不明已经整整两天了。这期间，市长方面没有任何联络，通过其他方面也没有找寻到任何线索，显然，市长是遭遇了某种变故。和市长一同赴京的远山建设委员、其他几位议员以及有岛秘书等人，再也无法束手无措地傻待在会馆里了。

“眼下，看来只好给北浦市打电话，叫市议会议长还有市长的家属赶到这儿来了。”远山提议道。对此，谁都没有异议。要是再拖下去，整个进京议员团都会牵涉上责任的。此外，报警请求东京警视厅搜寻市长的下落，也必须先征得议长和市长亲属的同意才行。

商议停当，立即拨通了北浦市的电话。

第一个拨打的是福岛议长家里。

“什么？市长下落不明？”议长起先听了一笑，“会不会在哪个女人那里玩得乐不思蜀了？”

“不是啊！”远山冲着话筒说道，“我们一开始也朝那个方面想过，所以没有太当回事，可是下落不明到现在已经两天了，实在不能再这样拖下去了。无论如何，单单靠我们进京议员团几个人，已经无能为力了，所以议长先生，请您即刻进京！”

“真拿你们没法子。”

议长似乎仍旧没有觉察到事态的急迫。

“我这边忙得团团转，还让我进京，等我跑到东京，市长不会正和你们嘻嘻哈哈地喝着酒吧？”

“要是那样就谢天谢地啦！对了，议长先生，请您再带一位市长的亲属一块儿来吧，我们这边先打电话联系一下。”

“是啊。那，暂且就照你说的办吧。”

“拜托拜托！另外，议长先生向来办事稳妥，这件事情务必绝对保密，请千万不要向报社透漏啊！”

“知道了，我会注意的。我明天上午一订到机票，立刻就飞过去。”

“拜托了！”

接着又往春田市长家挂电话。

“春田太太在吗？”

接电话的是家里的佣人，回说市长夫人恰好外出了。

当天晚些时候，春田家电话打过来了。

“白天您打过电话来了？”

接听电话的是有岛，“是夫人吗？我是有岛呀。”

“您辛苦了。是不是有什么急事？”

夫人的声调很平静，好像一点也不知道发生了什么事情。

“议长先生没给您去过电话吗？”

“还没有。”

看来福岛议长觉得先前的电话没什么大不了的，此刻仍将此事丢在一边。有岛心想，这事由自己来告诉市长夫人，不如让远山议员亲口说更好，于是去远山的房间叫他，不巧的是他不在屋里，大概又跑去银座喝酒去了，而且市议会里的人实际也没有坚守岗位。他们表面上担心市长的安危，但实际上仍只顾着自己吃喝玩乐。

“让您久等了。”

不得已，有岛只得小心翼翼地告诉夫人，市长不知道去了哪里，自己正为此犯难，当然尽量说得轻松些，为的是不让夫人产生惊吓。

“所以，刚才跟议长先生也通过电话了，他明天到东京来，不知道夫人可不可以跟议长先生一起过来啊？”

“哎呀，真的闹出了那么大的事情？”市长夫人的声音仿佛难以置信。

“电话里面说不太清楚，看情况，说不定还会向警视厅提出申请，帮忙搜寻市长先生呢。为防止出现意外的事情，今天和在这里的其他几位议员先生商议，得拿出个万全的对策哩。”

“知道了。”夫人问了两三个问题，最后说道，“我想，我去那里，还不如叫我丈夫的弟弟雄次去更好。”

市长的胞弟春田雄次跟兄嫂不住在一起，而是在北浦市内经营着一间小杂货铺子，卖些食品、日用杂货和文具等。他对政治毫无兴趣，平时说话也不多，但传闻他是个头脑聪明的人。然而，有岛与他几乎从未谋面，所以此刻一时也不知道怎么回答好。

“假如我同议长先生一起去东京的话，会被人注意到，弄不好引起旁人的胡乱猜测，因为两个人一起进京目标太大。”

有岛想，没错，夫人说得有道理。

“那好，就照夫人的建议吧，不过不巧，现在远山议员他们几位刚好外出了，等他们回来后，我会马上向他们报告的。夫人，您也不要过分担心才好。”

有岛说着，市长夫人的身影不由自主地浮现在眼前。他同市长夫人照过几次面，夫人比市长年轻二十多岁，不用说，是市长的后妻。夫人性格开朗，对谁都很亲切。

“也没啥好担心的，反正事情既然已经这样，一切都只有仰仗您等几位多多照应了。”

“一有市长先生的消息，我会马上通知您的。”

“那就拜托了！”

通话到此结束。

现在只剩有岛独自一人，他抽着烟，陷入了沉思。春田市长究竟去了哪里？有关“矶野”的线索，有岛还没有向远山等几位议员透露。

昨天前往“矶野”打探了一番，不过没有打探到些许有参考价值的信息。一开始，以为那家餐馆是解开市长失踪事件的抓手，结果才知道那儿不过是市长的活动中转站。当然，这是在毫无保留地相信对方所说的前提下得出的结论。

有岛展开了各种各样的想象。市长会不会被人杀了？不知为何，他总有这样一种预感，至于被杀的理由却全然没有头绪。因为没有头绪，所以有岛感到很轻松。作为想象，比起市长平安无事来，市长在某个地方被杀这件事情要有趣得多，假如市长今天晚上稀里糊涂地返回会馆，倒会让人扫兴。

依照春田市长的性格，即使他有秘密情人，也不可能撇下工作，跟情人跑到什么地方去纵情玩乐，那是无法想象的。眼下，市长正竭智尽力就北浦市的港湾项目向相关部委陈情，尤其为了耽溺个人私事，而不惜毁弃预约好的对各省官员的拜访，简直不可想象。

有岛透过房间的窗户向外望去。形形色色的车辆闪着大光灯，在马路上疾驶。会馆前的停车场也停满了车。银座一带的灯光打在附近的建筑物上，仿佛巨大球场内的探照灯照射在四周看台一样。

作为市政府一名可怜的小官吏，有岛不能像市议会议员们一样，张开翅膀自由地飞向外面，而同行的另一名市议会办事员，则可以巧妙地利用其身份，跟随议员们一同外出。

此刻，有岛在逼仄的房间里来回踱着步，心中愤愤不平。

踱着踱着，有岛脑子里忽然闪过一个念头：市长频繁进京陈情却似乎效果甚微。在市议会会议上，在野党的早川议员就曾指责过。没错，市长进京似乎过于频繁了。而这样频繁进京，并非表明市长对陈情结果抱有必胜的期待。

至于其他议员们，不过是利用市长的公出顺便进京玩乐而已。

有岛下意识地停住脚步，凝神盯视着黑黢黢的窗子。

莫非，市长的频繁进京与此次失踪有着深层的关联？

# 3

第二天傍晚，以匆匆从北浦市赶来东京的福岛议长和春田市长的胞弟雄次为中心，一行在下榻的都市会馆宿舍中，商讨起市长失踪的善后对策来。

虽说是主角之一，但雄次更像是在旁看着议长与市议员们商讨。市长胞弟今年四十七岁，骨碌碌地来回转动双眼，听着议员们的发言。

商讨的中心人物是福岛议长。只见他的秃头头顶泛着红光，一双小眼睛不停地从镜片后扫视着其他人的脸——这是他的职业习惯使然。他面色红润，布满油光，体格矮胖，略显肥实。议长本是当地一个渔把头[1]，他家是代代传承的船主，他本人则拥有东北大学毕业的学历。在北浦市议会三十二名议员中，受过大学教育的仅有六名。

到达东京之后，听说市长仍旧下落不明，议长觉得，必须做出最后的决断了。

“有岛君，你好像还掌握了些我都不知道的线索吧？”议长向坐在末座的市长秘书发问。

“啊？不不，我知道的信息，已经全部向远山议员先生报告过了，除

1　渔把头：船主，拥有渔船和渔网，雇用渔工捕鱼的老板，日本现在仍有许多地方实行这种船主制。

此以外，我什么都不知道啊！”有岛回答得老老实实。

“说是向我报告，可是一点有价值的信息都没有啊。”远山驳诘道。

“可是，那已经是全部了呀。有关市长先生的私事，我一向是不多问的，只是按照市长吩咐负责联系什么的。”

有岛是市政府安排的官设秘书，所以他的话听上去并无破绽，毕竟不同于私人秘书。

“既然这样，也没办法了。雄次先生您呢？市长家那边有没有什么线索可以提供？”议长转向市长胞弟问道。

“唔，没有。”雄次回答。他的表情似乎显示，直到现在仍不敢相信自己的哥哥竟然失踪了。

议长再次向他确认：“像这种事情，现在要是不说清楚，将来会有麻烦的。当然，我们并不想介入到市长个人的私生活中，但是现在面临这样的状况，有些事情再不如实地说出来就真的不好办了。”

“可是……我实在想不出有什么线索呀……家庭关系方面，大家也都知道的，他们夫妇二人感情很好的。”雄次只是不停地重复着。

“是嘛……”福岛议长点点头，扫视大家一眼然后说道，“那么，我们就报案，向警视厅提出搜寻申请，这点大家都没有意见吧？”

每个人脸上的表情似乎都在说：事既至此，这么做也是万不得已呀。

“毕竟不是个普通人，就算我们不想这样，可是市长公出期间失踪了，总是个大问题呀，首先想想看北浦市市民们会有什么反应。坦率地讲，这件事情对于北浦市绝对不是件光彩事，即使市长不是出于本人的意愿而失踪也一样。”

所谓不是出于市长本人的意愿，也就意味着市长在外力强迫之下失踪的可能性。说得更严重些，福岛议长其实也是在暗示，春田市长可能遭遇了不测事件。

第二天，福岛议长和春田市长的胞弟、远山议员、有岛秘书四人一道来到警视厅刑侦一科报案。

这不是普通的失踪案件，市长是在执行公务期间下落不明的，市方面还必须考虑市议会下一阶段的对策。福岛议长将上述内容一并向刑侦一科科长作了说明，科长则向议长以及有岛秘书进行了一番问询。

“这类情况本来应该由防范科处理的，不属于我们科受理的案件，”科长了解情况后说道，“不过我们先查查看吧。”

科长大概是想说，市长下落不明的背后很可能隐藏着犯罪的影子。但现阶段只能认为仅属失踪案件，尚未涉及具体的犯罪线索。

科长打电话叫来了自己的部下田代警长。

田代警长三十四五岁的样子，身材不高，却很壮实，浓眉，两颊须髯刮得发青。

“田代君，你可以领他们几位上那边的接待室，详细听他们介绍一下情况。”科长对田代说道。他还有其他事情正忙得不可开交。

“知道了。”

五个人走进会议室兼接待室坐下。

“抱歉，百忙之中来打搅你们，”议长代表一行起首打招呼，“我们真的是非常担心哪。”

这间屋子里几乎照不到阳光，阴冷阴冷的。

“大致的情况刚才听科长介绍过了，请容许我再问各位几个问题。”田代警长眼睛扫向福岛议长，“议长先生，事情既然到了这个地步，希望各位坦率地回答我的问题，也许我问的问题有失礼之处，请不要见怪，多多包涵。”

“不客气，您请问！”议长点了点秃亮的头。

“首先，关于市长先生的公务方面，市长先生失踪与公务之间会不会有所关联？有没有可能的线索？”

“不，这个没有。”福岛议长从眼镜镜片后面闪着小眼睛回答，“市长已经连任两届，事实上，还有半年任期就将结束。但是在他的两届任期内，很得市民的尊敬和信赖，也很有能力。”

“市议会在运营方面有没有遇到什么困难？”

“多少存在一些困难。这个嘛，任何一个地方都有在野党，在市议会内有些摩擦也是在所难免的，不过，眼下还没有发展到严重对立的地步。”

“抱歉，接下来还要问个问题，这只是作为侦察工作的一点信息。”田代警长先打声招呼，随后问道，“市长先生在财政运作方面，出现过什么问题吗？”

“哦，警长先生的问题……”福岛议长微笑着道，“就是说，春田市长有没有财务不清不白的地方对吗？”

“我就是想就市财政的问题了解一下，当然也包括这方面。”

“我可以明确地回答你：没有这方面的问题！”议长的架势变得仿佛在议会上答辩一样，“市长是个品格高尚的人，财务方面绝对没有不清不白的问题，而且，在市财政方面也没有出现任何问题。正如我刚才讲的，春田先生连任两届市长，无论是现在还是之前，从没有发生过这类事情。”

“是这样啊。那，眼下贵市面临的最迫切的问题是什么？”

“这个问题嘛，自然是扩建港湾的问题，事实上，市长此次进京陈情，就是为了这件事情。”

“我对北海道不熟悉，对北浦市的情况更是完全不了解，说老实话，连北浦市位于什么位置我都不知道哪。”田代警长不好意思地笑，“这个港湾问题，具体是怎么回事呢？”

“哦，正好建设委员远山先生在这儿，由他来解释一下吧。”议长转向远山。

“是，我就是远山。”建设委员一下子紧张起来，干咳了两三声。

“正如议长先生刚才所说的，我市眼下最为迫切的事情就是港湾扩建计划。我市位于北海道南端……”

“喂喂，”议长在一旁提醒道，“你用不着那么紧张嘛，关于港湾扩建的事情你说得尽量详细些。”

“是。”远山下意识地伸手去摸了摸领带的结头，继续说道，“为了我市今后的发展，我们制订了一个规划，就是填海造地，扩建港湾，这样就可以让大型船舶进入港湾，为此，我们几度进京向有关方面陈情……”

“那么，这个问题非常急迫吗？”

“这不是急不急迫的问题，而是从我市将来发展的立场来考虑的。”

警长点了点头，随后将目光移向市长秘书有岛。

“您是市长的秘书吧？”

“是的。”有岛微微颔首答道。

“既然这样，您经常跟随在市长左右，协助市长处理各种各样的事务对吧，这次市长先生下落不明之后，您是不是把东京您认为可能会有线索的地方都去查找过了？”

“呃，当然，我都仔细查找过了。”

“那好，接下来我想向市长先生的弟弟问几个问题。”

警长轻轻松松地结束了对有岛的问询，转向了春田雄次。

“这个……涉及市长先生家庭的问题，更得请您恕我失礼了……是不是有什么家庭方面的原因，使得市长先生比如说离家出走啊之类的？”

“没有，这个绝对没有。我之前也向议长先生说明过，市长一家是个幸福圆满的家庭，我不认为会有什么家庭方面的原因。”身为杂货店店主的市长胞弟如实回答说。

“他们有孩子吗？”

“没有。”

“是一直没有呢还是病故什么的？”

“他跟前妻之间有过一个孩子，后来生病去世了。”

“噢？这么说，现在的妻子是二婚娶的妻子？”

“没错。”

“那……前妻是不是因病故世了？”

“不不，因为一些原因，哥哥跟她离了婚。”

“哦，大概是什么时候的事情？”

“差不多是十年之前的事情了吧……对，就是那时候的事情。”

“这位前妻在什么地方又再婚了？”

“这我就不清楚了，自从他们两人离婚后，就没有他前妻的消息了。不过有一点是确定无疑的，她现在不住在北海道。”

“请原谅我打破砂锅问到底，市长先生和前妻因为什么原因离的婚？”

“好像是性格不合吧。反正那两个人关系不是很和睦，离婚也是双方通过协商才离的。”

“那我再问一个问题：现在的妻子是不是市长跟前妻离婚后不久马上结的婚？”

“不是的，中间大概隔了两年时间。”

“这个问题可能让您不快，还请您原谅：现在的妻子是个什么样的人？换句话说，她的身份啦经历啦等等您能告诉我吗？”

“啊？”市长胞弟稍稍有些踌躇，“这个嘛……可以说北浦市没有一个人知道，我只告诉您：其实，我现在这位嫂子原先是在札幌经营酒吧的，后来跟我哥哥认识，两人才结的婚。”

“哦，酒吧？那么她的年龄……”

“噢，我哥哥五十二岁，现在的嫂子三十一岁。”

市长夫人与市长的年龄相差足足二十一岁。

“那么，是不是可以简单地说，他们两人是恋爱结婚的？”

“是的。”春田雄次答道。

“市长先生同现在这位妻子认识，是她在札幌经营酒吧的时候吧？”

“嗯，是的。”

福岛议长脸上堆笑在一旁接口道：“当时可是相当轰动的一段罗曼故事哪！”

“对不起！”

眼看市议会议长似乎要滔滔不绝地讲起这段罗曼故事，田代警长赶紧制止了他。

“现在的妻子经营酒吧之前有没有结过婚？换句话说，是不是曾经有过家庭，后来才开始经营酒吧的？”警长接着问。

“没有，她跟我哥哥结婚之后才第一次拥有了家庭。”市长弟弟继续回答，“她跟我哥哥结婚是八年之前，那时她二十三岁。”

“那么年轻就自己开酒吧啦。”

“嗯，她可是个非常能干的人哪。”福岛又忍不住插嘴说道，“我们和市长先生比较熟络，自然跟夫人也接触比较多一些，夫人算得上是位女中豪杰啊，人聪明，又什么事情都处理得了，像她那样不管做什么生意都会成功。真是个了不起的女性啊！”

田代警长心想，听这情势，说不定得出差亲自到北浦市跑一趟哩。

他一边这么想，一边朝在场的人脸上扫视了一圈，忽然，目光在年轻的市长秘书有岛脸上停住了。

感觉到了警长的目光，有岛不由自主地俯下视线。

——咦？

有种感觉浮上田代的脑际。

——这位年轻的市长秘书会不会知道些什么？

接着，田代一边同福岛议长你问我答，一边若无其事地暗中观察着有岛秘书。

# 4

北浦市议会议员一行离开警视厅，乘车返回下榻的都市会馆。从前一晚开始，市长胞弟春田雄次也一同下榻在都市会馆。

回到会馆，一行总算感觉松了口气。刚才在警视厅已经将知道的事情和盘托出，此刻感觉压在胸口的一块东西卸了下去，之前不得不由自己解决的难题，现在终于交由别人去处理了。因此，既感到这次的事情果然非同小可，又为自己能够脱身而油然觉得有种解放之感。

傍晚，议员们照例又到银座一带喝上几杯去了。

事情进展到这个地步，一行不可能再在东京泡蘑菇了，所以决定搭乘明天的新干线回北海道。虽然要很麻烦地在盛冈、青森换车，但之前刚刚在市议会上被指责为“乱花钱”，这会儿当然不敢搭乘飞机了。

“有岛君，”临出门前，远山叫住有岛，“不好意思啊，说不定过会儿有电话进来，你就留守在这里，等我们回来再离开吧。”

这种场合，所谓电话当然不是指市长，而是警视厅打来的。

“明白。”作为秘书，有岛职责在身，毫无办法推托。

议员们出门玩乐去了。真叫人搞不懂，他们对市长失踪的事究竟有多担心。至少看起来，与其说担心市长，不如说是离开地方小城的一种舒心感和进京享乐的快活感占据了大脑更多的空间。

说不定，他们几位议员去哪间酒吧，一同商议市长的后继问题吧？嗯，肯定是这么回事——有岛忽然意识到了。这种场合，作为市长秘书在场当然不方便。特别是福岛议长此刻进京，正是讨价还价的绝好机会。福岛和远山，都是市议会议员中的实力派人物。

有岛将自己关在客房里，百无聊赖、漫不经心地翻看着从外面买来的周刊杂志。其实，他内心也和其他几位议员一样，觉得事到如今，不管怎么担心都无济于事，万事都交由警视厅去处理最好。

唯一令他有些不安的是，市长失踪的消息如果传到北浦市，当地媒体的打探电话很可能会一股脑儿地杀到。远山外出前吩咐过，若是媒体方面的这类电话打来，一概予以否认。尽管之后真相难免大白天下，但眼下如果一句话说得不妥，随市长一同进京的市议员们也难逃其责。由此看来，远山的算盘是，不希望这种事情引火烧身给自己带来不利，因为他必须确保自己在下届市长选举中把握充分的发言权。

在这一点上，福岛议长的立场相对轻松些。因为他是以市长失踪的善后身份进京的，若论责任，自然较远山要轻多了，所以他能够若无其事地照样去银座喝酒。

福岛议长的任期还有半年。他就任至今已一年半了。按照规定，市议会议长的任期为四年，但基于政治利益的妥协，福岛派与对立派间订立了“绅士协定”，即前两年由福岛出任，余下的两年由对立派人士出任，两派交替担任议长一职。对立派的首脑人物便是远山。

换句话说，因为市长失踪事件而进京的福岛议长，出乎意料地竟然陷入了吴越同舟[1]的境地。

话虽如此，但福岛凭借其生就的圆滑和玲珑，对待远山如战友般亲近。

---

1 吴越同舟：中国春秋末期吴国与越国争霸数十年，互相征伐，后以吴越同舟形容水火不容之敌在危难之际不得不暂时化敌为友，共渡难关。

远山也是个狡黠之人，对福岛一个劲地“议长先生、议长先生”，表面上十分谦让。

——这下可有意思了。

有岛一面浏览着眼前的铅字，脑子里一面思考着别的事情。

再有半年福岛议长就将卸任，如果依照“绅士协定”从对立派中推选议长，就目前来看，远山被视为最有胜算的“种子选手”。可是，由于市长突然失踪，虽说暂且生死不明，假设市长已死的话，那么，无异于出现了一个谁也意想不到的巨大真空，因为春田市长的任期也只剩半年，而继任人选至今尚未定下来。眼下，各派都在窥探对手的动静，处于前哨战阶段，进入白热化的折冲周旋和讨价还价，则应该是明年三月份前后的事情。但市长的失踪，却使得这场选战一下子迫在眉睫了。

现在，据说福岛议长还想在议长这个位子上再坐两年半，就是说，他打算无视与反对派订立的“绅士协定”，以强硬态度做满议长的四年任期。对此，反对派当然不会袖手以待。一旦福岛议长公开表明这个态度，反对派必将展开猛烈的反击。远山所属的反福岛派是支持现任市长的，而春田市长确确实实还想再做一任。

北浦市的政治势力分布是，市议会共有议员三十二名，其中保守派十五名，革新派八名，另外九名暂且归为中立派。然而，中立派也并非严守中立的，他们与保守派和革新派凤枭同巢，态势和立场相当微妙。

——不管怎样，反正有得戏看了。

有那么片晌，有岛甚至忘记了市长失踪的事，只顾想着这件事情。

事情发展到现在这个地步，福岛也好远山也好，似乎瞄准市长宝座比争夺议长的大位更加有益。或许正是这个原因，才使福岛议长的心境遽然发生了变化。将市长失踪这件大事暂作搁置，一行匆匆奔银座而去，恐怕是为市长选举提前做准备工作而进行相互刺探吧。如此看来，在市议员们眼中，市长失踪事件成了将现任市长拉下马的既成事实。

这时电话铃响了。

有岛正在呆呆地想事情，猛地受了一惊，差点跳起来，他盯视着响个不停的电话机。

是哪里打来的？会是警视厅吗？或者北浦市？又或者，是市长打来 的？

有岛好不容易镇定一下情绪，拿起听筒来。

“请问有岛先生在吗？”是前台，有岛下意识地松了口气。

“我就是有岛。”

“请稍候。”

听筒中传来另一个人的声音：“是有岛先生吗？我是今天白天在警视厅见过面的田代啊。”

“噢。”

有岛眼前浮现出那个三十四五岁、小个子、浓眉毛的警长的面孔。

“你好。”他情不自禁地有些惊惶起来。

“您一个人吗？”田代警长问道。

田代对有岛说，今天白天劳烦您了，但是还想再跟您聊一聊，能不能出来见个面。

“不巧得很，同行的人都外出了，就留下我一个人守电话呢。”有岛据实以告。

“啊，那倒是不太好办哪。”电话中警长的声音透着一丝为难。

“要不，麻烦警长到我的房间坐坐吧，反正没其他人。”有岛建议道。

“可是，议员先生们说不准什么时候会回来的呀。”警长回答说。

有岛顿时觉察到，警长是担心被市议员们看到和自己在一起不妥。看来，警长是想从担任市长秘书的自己身上打探更多关于春田市长的个人情况。对于市议会议员们，多少有点顾虑，无法问得十分深入，所以打算从没有利害关系，并且时时在市长周围的秘书这里入手，询问些更深入的问题。

“嗯……您稍等一下。”

有岛忽然想起来，市长的胞弟春田雄次也一同下榻在会馆，并没有受到议员们的邀请，此时应该也待在房间里。

“我想应该还有一个人留守着，我过去看一眼。”

有岛将话筒搁下，往市长弟弟春田雄次的房间走去。春田雄次的房间在同一楼层，只隔几间客房。他上前敲了敲门，春田雄次开门伸出头来。

“呃……我有件事情想拜托您。”

有岛没有提起田代警长找自己出去谈话的事，只简单说是忽然想到有个地方可能跟市长有关，想去实地看看，无奈议员们出门前关照要有人守电话，不能没有人留守，所以想请雄次帮忙守电话，自己去去很快就回来。

“噢，行啊，”雄次爽快地答应了，“反正我哪儿都不去。那我这就关照总机，把外面打进来的电话接到我房间来。”

接受请求之后，雄次还向秘书道谢，说为了哥哥的事情让他费心了。

有岛急忙回到自己房间，拎起搁下的话筒，告诉等候着的田代警长马上就下楼，随即做起了外出的准备。

警长会向自己打听什么事呢？在警视厅问询的过程中，他好像对市长的家庭情况非常感兴趣，大概是问这方面的相关问题吧。有岛一边系着领带一边暗自揣测。

# 5

有岛看见大堂的椅子上坐着个心不在焉的小个子男人。

田代警长也看到了从电梯里走出来的有岛秘书，他立即站起身来。

“今天实在是打搅您了。”警长主动问候有岛。这一幕，在外人看来，绝对想象不出是警视厅的探员，倒像是哪个企业的下级职员返回公司途中顺道到此处来的样子。

“您好。”

有岛见有前台服务员在近旁，便只简单寒暄了一句，同时点头致意。

“有人替您守电话了吗？”田代有点在意电话中说的事。

“啊……今天一起去警视厅的市长先生的弟弟在房间里，就拜托给他了。”

“噢，这位市长弟弟哪儿都不去吗？”

“他哥哥下落不明了，估计没有心情出去逛街了吧。再说他和几位议员也不熟，所以没有同行。”

“那好，我想您大概还牵挂着守电话的事，所以就只耽误您三十分钟可以吧？”

“没关系。去哪里坐坐呢？会馆里面倒也有小酒吧……”

“不行！”警长摇摇头，“不如我们到外面走走怎么样？”

不愿意在这个场所谈事情，显然还是不想被议员们返回时撞见。于是，有岛和田代警长挨着肩走出了会馆玄关。

大街上高楼大厦比屋绵亘，但是灯火不多，因而路上稍显昏暗。

“往赤坂那边走吧？我想，到那儿一块儿喝杯茶，顺便聊聊。”

二人顺着通向赤坂见附的坡道慢慢走下去。坡下，夜总会以及汽车的各色霓虹灯招牌闪烁着耀眼的光亮，交叉路口来来往往的车灯射出无数道光柱。

过了赤坂见附，田代领着有岛朝一木街走去，旁边巷子里的小茶铺透着灯光，将门外的路面映得发亮。

“就这儿吧。”

店内客人很少。大概天刚刚黑，时间尚早的缘故。二人选了个靠角落的位置，叫了两份红茶。

“其实哪，我是想问一问白天在警视厅不方便询问的问题。嗯……您算得上是市长最信任的人了，所以我很希望您能开诚布公地回答我的问题，对我们来说，最怕的就是有什么事情遮遮掩掩的。”

田代警长说到“遮遮掩掩”的时候，锐利的目光一直在有岛脸上来回扫视。有岛心想，警长这话肯定是指市长的家庭情况。

“当然当然，既然已经报警了，我们肯定会全力配合，凡是我知道的一定如实奉告。”有岛将一片柠檬丢进红茶杯里，回答道。

“那就先谢了，我们的搜寻工作最需要的就是这种配合。说起来，虽然市长先生眼下生死还不清楚，但不得不做好心理准备，就是市长先生遭遇了不幸事态，因为这不同于普通人的离家出走，他是公务出差中发生的事情，而且到现在还没有任何消息，所以很不乐观啊！”

警长先说了一段开场白，接着说道：“在警视厅里市长先生的弟弟也说过了，市长夫人是第二任妻子，但是，她以前的身份……不好意思，我本不应该这样说的，我直截了当地说吧，她结婚前是札幌的酒吧老板娘对吧？况且，和市长先生的年龄差了足足二十来岁……”

田代果然从这里切入正题。

“是的。市长先生娶现在的夫人，正如市长弟弟白天在警视厅所说的，是八年前的事，当时夫人二十三岁。”

“夫人叫什么名字？”

“叫美知子。”

“她在札幌开的那间酒吧叫什么名字？”

“那间酒吧开在札幌闹市区薄野的一条小路上，名字叫‘美知酒吧’，听名字您就知道，客人完全就是冲夫人的人气而来的。”

田代将这个信息记在了小本子上。

“我今天还听说，市长先生也成了那儿的客人，后来便有了浪漫的结局哪。”

“是那样的。春田先生那时候还不是市长，我也还没和他有接触，不过听人说，市长先生非常迷恋她，经常从北浦市飞往札幌，结果，夫人也被他的热情俘虏，两人终于结婚了。”

“原来是这样啊，春田先生真是个富有激情的人哪。对了，他们夫妇二人的感情怎么样？您身为秘书，自然也得经常出入市长家对吧？”

“对呀，他们夫妇感情很好，这一点我完全可以断言。”

有岛一边说一边猜测，警长可能从他的职业角度出发，认为市长夫人周围另有男性，所以想通过自己来探询答案。

有岛的猜测没有错。

“市长夫人结婚之前，也就是酒吧老板娘的时代，有没有其他客人也对老板娘产生迷恋呢？”

“我想一定相当多，我如果说没有，那肯定是撒谎，毕竟是个姿色出挑的美女嘛，况且当时还很年轻。”

“都是些什么样的人迷恋老板娘呢？您有没有听说过？”

“稍许听说过一点。不过那全都是些上了年纪的人，而且，因为酒吧的顾客层次比较高，大多是在公司担任要职的人，或者一流商场的店主之类，但是自从和春田先生结婚后，就把酒吧彻底转让出去了，安心在市长家做家庭主妇，跟之前那些客人绝对再没有往来了，这点我可以保证！”

“我还想再确认一遍：这位美知子成为市长夫人之前，没有结过婚对吗？”

“夫人这是初婚。”

“美知子夫人是出生在札幌的吗？”

“不，不是，夫人应该是东京出生的。”

“哦，东京出生的？”

“话是这样说，他们一家是移居到札幌去的。听说夫人的父亲在东京的时候自己经营一家印刷厂，大概做了六七年故世了，厂子经营不下去了，就卖掉了，美知子夫人就是用这笔钱开的酒吧。”

“那么，她家里还有什么人？”

“她母亲，市长把她接过来一起住，第二年也故世了。”

“有没有兄弟姐妹？”

“没有。”

“噢……”田代警长浏览了一遍自己记的东西，“接下来，是关于市长先生前妻的，”转入了下一个话题，“市长先生和前妻离婚，是怎么一个情况？”

“这个我不清楚，那都是以前的事情了。”

“可是，应该会从别人那里听到些什么吧？”

“当然不是说一点也没有听说过，不过那种传言是不可靠的，所以，我真的……”

“不要紧的，我只是作为参考才向您打听，不会把您的话当作证词的，这点请您放心。”

“既然这样，那我就随便说说。简单来说，据说市长从一开始就讨厌那位夫人。”

“哦，那是因为什么呢？”

“之前那位夫人也是来自酿酒厂老板家的，您知道，市长先生本来就是做酿酒这行的，由于这层关系，有人从中撮合，两人就结婚了。但那位夫人是家里的独生女，特别任性，所以让市长非常讨厌。”

“既然那位夫人有这样一个殷实的家庭，应该还能过得下去吧，白天好像提到说，现在没有她的消息了……”

“是啊，她本来就性格强悍，大概不想让人指指点点说是被休回娘家的吧。我也是听别人说，是真是假就不清楚了，说她突然离开了家，一直到现在也没人知道她的下落。当然啦，她娘家说不定知道些什么，只是不大好对外人说而已。我也就只知道这些了。”

“多谢多谢！”

警长端起茶杯喝着剩余的红茶，像是问询告一段落。

“对了，我想再问问：从公务的立场来看，目前春田市长在北浦市的政治势力中处于一个什么样的地位？您能不能介绍一下供我参考？”

“这是个非常敏感的问题啊。”

有岛已经预感到对方会问这样的问题。于是，他从刚才在会馆房间里思考过的市议会中的派系势力分布开始，一直到议长选举、下一届市长选举的相关形势，简单地向田代警长做了介绍。

警长一边看着记录，一边不时地插上一句，进行确认。

“市长先生时常进京，除了公务以外，有没有什么不同寻常的行动？”等有岛讲完有关市议会的一大段介绍，警长又问道。

“没有什么特别的行动。只是，傍晚办完公务返回会馆后，经常会在大堂的公用电话往什么地方挂电话。”

“哦，公用电话？打电话的话在房间里也可以打吧？”

“从房间拨打的话，话费都算在出差经费中的，市长一定是不想这样才用公用电话打，他在公私分明这方面很严格的。”

关于电话的事，田代没有追问下去，他猜想可能是打给东京市内某个熟人的。

“其他您看还有什么能想到的线索？”

这时候，有岛脑海里忽地闪现出一件事情：三天前远山曾说起过早川进京了。

早川准二议员也来东京了。这是远山派中的某位议员电话告诉远山的。不用说，早川是与保守派针锋相对的革新派议员，本人又非常热衷于政治斗争，为了此次市长进京一事，他还在议会上提出弹劾。

有岛简略透露了下早川之事，田代警长立即双眼放光，问道：“这位早川议员先生是怎样一个人？还有，他来东京，是不是有熟人为他提供住宿？”

“这个……我不清楚。不过我们的市议员来东京的话，倒是有家定点的旅馆，可以打折入住。他大概就住在那里吧。”

警长记录下了那家旅馆的名字。

## # 6

“爸爸可真能睡啊！”

芳夫一边往面包片上涂黄油，一边朝里屋望了望说道。

说是里屋，其实这套公寓房总共只有两个房间。早川准二裹着被子，就睡在里面那间六席大的屋子里。昨天睡到傍晚才醒，吃过晚饭马上又睡了。脑袋从枕头上出溜下来，歪在一旁，嘴巴稍张，发出轻微的鼾声。

夫妇俩在厨房急急巴巴吃着早饭。只有这间屋子的窗口透进来微弱的晨光。现在已过了七点钟，上班的公司在市中心，所以这个时间必须吃早饭了。

“昨天晚上你回来得晚，今天又走这么早，跟爸爸一句话都没有说上呢。”

“真是个怪人。大老远的从北海道跑过来住到咱们家，结果……不过，他太累了才睡到这会儿，总不能把他叫醒呀！”

“到底上了年纪，你看他动不动就累成这样子。好吧，不要叫醒他，反正还要在这儿住一晚上，你今天下班早点回来就是了。”

“昨天实在是没办法，我不知道你爸爸来嘛，今天一定早点回来……他今天晚上真的还住在这儿吗？”

“他是这样说的。就算他说要回去，我也会留住他的，让他等你回来再说。”

夫妇二人又望了一眼熟睡中的早川准二，他歪在一边的脸一动不动，仿佛被固定住了一样；张开的嘴巴也只有一呼一吸的时候，才像鱼嘴似的微微翕动；头上的白发闪着亮，额头沁着油汗。

“爸爸真的是老啦，跟上次见到他的时候完全不一样了，简直快认不出来了。白头发、皱纹也多了不少。”

“可不是嘛。昨晚上我也说了，还是早点把议员辞了算了。他从年轻的时候起就一直为贫苦的人们大声疾呼呢。”

“是啊，正因为热爱这条道路，爸爸才会感觉这辈子满足了。跟他比起来，我这个工薪族才叫可怜哪，时时刻刻都得留意上司和同事的脸色，说的话一多半都不是真心话！”

“行了，就别发牢骚啦，这样子你老婆不还得指望你过日子吗？工薪族确实值得同情，但如果什么都顺顺当当的话，日子就会出问题的。好啦，只有忍着点，不要自暴自弃，本本分分地做事情，不然还有什么法子呢？”

这时早川准二嘴里咕哝了一声，夫妇二人的视线齐刷刷转向了他。他翻了个身，面孔朝上仰天而卧。女儿信子吓了一跳，因为他的表情看上去就像死人一样。

信子把芳夫送出门之后，便开始收拾厨房。她几次去看父亲眼睛是否睁开，不过似乎完全没有必要，早川准二睡得非常沉，等他睁开眼睛时已经差不多十点钟了。

“您睡得好熟啊！”信子朝父亲微笑着道。

“芳夫人呢？”准二环视四周问。

“早就出门啦，这都十点了。”

“已经这么晚了？芳夫昨天很晚才回来吧？怎么不叫醒我啊。”

“可是，您那么累，又睡得那么熟，芳夫看见您熟睡的样子，就不让我叫醒您呢。”

“那多不好意思。”

准二从被窝爬了起来，但是脚下好像仍有点站不太稳。

“爸爸，”准二站在狭小的厨房间洗漱，信子从他的身后递过来一条毛巾，“今天一天都待在家吧？”

准二撩水洗了把脸，他一边用毛巾擦拭一边回答：“怎么待得住哪。”

“哎哟，还要出去啊？”

“有市里的公务要办呢，就出去一会儿。”

“今天要跑哪里？”

“好几个地方哩，主要是跑政府部门。”

准二站在那里，呆呆地望着窗外的风景，眼睛眨了好几下，像是感觉光线刺眼似的。从旁边看父亲的侧脸，仍显得很疲惫。

“今天千万早点回来哟，芳夫也说过了，晚上一下班马上就回家。我去买点肉，准备做暖锅吃。”

“好啊，你就准备吧！”

父亲喜欢吃牛肉。

“看您昨天真是累得够呛，到底干什么去了？”

“哦……”

准二嘴里含糊地应着，返回里屋换下了睡袍。

“什么也没干，就是上了年纪，以前来东京可没累成这样子过……”

“所以我说嘛，市议员什么的早就该辞掉了呀，爸爸一心一意地干到现在，应该感到满意了吧？”

父亲默不作声地套上衬衣。

“哎呀，您这就要出门吗？”

“想着早点回来，所以得提早出门哪。”

“早饭已经准备好了。”

“是吗，那就吃完了再出门。”

这天晚上，信子和芳夫准备好了暖锅等着父亲回来，可是准二没有回来。

# 发现尸体

# 1

田代警长同北浦市市长秘书有岛在赤坂的茶馆分手后，直接返回警视厅，留在那儿加班。其他警员都外出了，只剩他一个人留守着。

田代从市内某私立大学毕业后进入警视厅工作，今年已经是第十三年了。他虽不是经过按部就班考试的所谓公务员出身,但晋升还算是快的，先在神田警署干了五年身穿制服的外勤巡警，二十七岁时转为刑警，三年前从新宿警署刑侦科被提拔至警视厅，是刑侦一科十三名警长中最年轻的。在警视厅内，他被公认是个“精明能干者”。但是田代却觉得自己只不过更加努力而已，最大的优点就是坚忍不拔。

只有田代的桌上还亮着灯，他在浏览未及整理的资料。当然，他不是因为资料积压多了才留下来加班的，而是为了等电话消磨时间才看这些东西的。

三十分钟后，电话铃响了。

“警长吗？”是手下一个警员打来的。

“是我。是冈本君吗？辛苦了。”

“我刚刚跑了神田一家叫锦秋馆的旅馆，这里是北浦市的官员们进京时常住的定点旅馆，价格开得比较低，市议会议员中有些人讨厌气氛死板的都市会馆，也会住到这儿来。”

“是吗？”

“不过，关于那个北浦市议员早川准二，据这儿的经理说，他不住在这里，至少现在他还没到这儿露面呢。”

“哦？还有呢？”

“锦秋馆的客房女服务员们跟早川议员很熟，对他印象都很好，说他为人正派，到底是革新派，花钱也不像别的保守派议员那样大手大脚，晚上到银座一带顶多散散步，从来不一家接一家地喝酒。还有，保守派的议员常常半夜一两点钟敲过才回来，但早川议员十点钟左右就回来了，然后就上床睡觉。”

“是吗？还有什么？”

“嗯，我问过她们，早川先生除了这儿以外，还会到东京什么地方投宿，据女服务员说，记得早川先生曾经透露过，说他在东京有亲戚。”

“噢，在哪里？”

“这个就不太清楚了。”听语气，警员在电话那头似乎正在搔头皮，“那个女服务员说，早川先生这么讲的时候，她只是随意附和道：哦，是吗？根本没往心里去。如果当时详细问几句就好了，可惜呀，是什么亲戚、住在哪里等，全都没问，说了也等于没说……”

“哎，已经不错啦，”田代安慰着年轻警员，“虽然只有这些，可是我们已经知道早川议员在东京还有别的落脚地方了。”

早川准二在东京有亲戚。如此看来，与市长前后脚进京来的早川准二即使不出现在都市会馆或者锦秋馆，他也不到别处去投宿，他在东京有地方可以落脚。

# 2

田代警长得知早川准二这位革新派议员进京并由此激起了兴趣，是因为进京的其他议员中无人事先知晓早川的进京计划。他们知道这个消息，是执政党的远山议员从北浦市的下属那里获得了早川准二前往东京的消息。

任何一个地方的议会都常有这种事情，保守派与革新派不仅是各自的主张相对立，甚至有时还会掺入个人感情，相互反感，这种议员之间怀有敌对意识的情形并不罕见。从远山议员通过他在北浦市的下属那里电话获悉早川进京的消息，对早川的东京之行发出警报可以推测，早川准二这位议员在保守派眼中，是个相当难缠的对手。

早川议员进京会不会与春田市长的失踪有关联？眼下当然还不清楚。不过，从与市长同行的执政党议员们对早川怀有相当的戒心这点来看，田代警长觉得，有必要尽快掌握早川的行踪。

对于春田市长的失踪，田代没有立即将它同杀人案件联系起来，因为目前还没有确切的把握。作为一名警长，那样判断太轻率了。眼下还没有别的任何过硬的证据，所以那样判断缺少依据。然而，站在个人立场上，田代还是有些担心，他隐隐感到春田市长的失踪与其性命安危有着直接关联。

这时候，冈本从外面回来了。

田代抬起头。

“情况就是电话中报告的那样。很遗憾，没有弄清楚早川议员的落脚地点。”

冈本看着田代的脸孔，把电话里报告的情况又说了一遍。

“知道了。”

田代当即让总机帮忙接通北浦市警署的电话。

“今天晚上就跟那边的警署打听，最晚明天中午就可以清清楚楚地知道早川议员在东京的亲戚到底是谁了。嗯，一切都得从这个入手。好了，你先回去吧！”

“是！”冈本颔首辞别。

北浦市的电话接通了。田代在电话中花了不少口舌知会和解释。照理，这种事情应该通过北海道警察厅交涉的，但目前尚没有走到刑事案件侦察这一步，所以采用口头知会的方式亦无不可。

挂断电话，田代随即又拨通了都市会馆的前台电话。

“北浦市议员先生一行下榻于贵会馆，麻烦您给我接一下远山议员先生可以吗？”

“远山先生外出了还没有回来，其他议员也都和他在一起呢。”前台服务员的声音略显生硬。

表上指针已走过晚上十点钟。

有岛秘书此刻一定留守在自己房间，准备接听从外面打来的电话。

田代收拾了一下桌上的东西，熄了灯，将黑色提包夹在腋下，走出屋子。今天晚上，是其他警队负责值班。

## # 3

这夜，田代回到位于杉并区久我山的家中，不知道为什么，他躺在床上却老是心神不定，总觉得厅里说不定会大半夜打来电话，传达出警的命令。眼下，只有田代这个警队手上没有负责大的案子，所以，如果发生抢劫杀人之类的案件，自己的警队肯定得比别人先着一鞭。

之所以心神难定还有一个原因，田代觉得如果真的突发恶性案件，一定是和春田市长失踪有关的案子。直到现在，市长下落不明，使他心中那丝不祥的预感越来越强烈。他下意识地将脱下的西服摆在枕头旁，以便随时可以套上赶赴现场。在这件事情发生前，他还从来没有这样过。

然而，这天夜里什么事情也没有发生。第二天清晨，和煦的阳光像往常一样照进这栋廉价商品房的窗户。

——对了，那几个人今晚就要乘坐特快列车回去了。

田代坐在床上抽着烟，忽然想到这件事。

议员一行离京返回北浦市，对田代来说，就仿佛攥在手里的某样重要东西也随之消失，可他又无法让他们中的某个人留下来。从北浦市的角度来讲，现在无疑是大事临头，中途急急忙忙进京的议长及其他议员们，必须赶回去详尽地报告事情经过以及善后对策，就算留下来，也只有市长的弟弟春田雄次可以。关于市长现任妻子在札幌做酒吧老板娘时候的情况，他仍有点放不下，不过这方面的详情去当地查访比当面问询雄次更加妥当。

田代最希望的当然是市长秘书有岛能留下来。可是，眼下市长仅仅是失踪，尚不清楚是否与犯罪有关联，所以他没有理由这样要求。

田代来到警视厅，看到桌上放着一个茶色纸袋。应该是值班的警员在田代下班后接到电话记下来的通话内容。

这正是北浦市警署对田代的知会事项的回复。

“北浦市议会的早川议员在东京的亲戚，截至目前所掌握的只有一人，是住在东京都府中市 S 住宅区 402 号的上村芳夫。此人是早川准二氏长女信子的配偶，现就职于 M 证券公司。”

田代看完电话记录，扫视了一眼坐成三排的自己手下的警员们，他们都在紧张地填写书面材料。

“冈本君！”

年轻的冈本搁下笔，腾地站起来。

“昨天夜里回复来了，你看这个。”

冈本站着看完记录：“嗬嗬，原来是他女儿嫁到这儿来了。”

“你马上跑一趟怎么样？”

“是！”

“……这样，早川议员如果在的话，你就问问他看，春田市长进京之后就下落不明了，您是否知道？假如他不在，你就问他女儿关于她父亲的行踪……我可提醒你啊，这个现在还不涉及犯罪，所以你得顾及对方，问的时候不要伤害她的感情。对方如果不想回答也没关系，不要硬逼人家回答。”

冈本收拾了一下桌子，然后穿上外套。

年轻的部下出去后，田代重新拿出关于春田市长失踪的搜查申请，仔细看起来，上面详细记载着失踪者的相貌、年龄、失踪时所穿服装、推测身上携带的现金数等。田代已经记不清看过多少遍了。

## #4

前往都市会馆的青木警员打来电话，向田代报告情况。这是大约下午两点钟。

“北浦市议员一行，好像是乘坐今天傍晚的新干线回去。由于行程定得急，买的不是特快卧铺火车‘北斗星’号的票，乘坐的火车五点整从上野站发车。现在他们正笃悠悠地收拾东西。”

“你现在在哪里？”

“我在会馆的前台这里。我假装住客的样子几次从他们下榻的客房门口经过，听到房间里传出笑声，他们好像一点都不在乎哪。”

“有岛秘书在做什么？”

“他在几个议员之间跑来跑去的，忙活车票啦行李装箱之类好像都是他的事情，大概因为市长不在，所以这些杂务都落到他身上了。”

“没有外出的迹象吗？”

“目前看不出。”

“知道了。”

“警长要去上野车站吗？”

“嗯，我还没想好要不要去……”

事实上，田代确实有点举棋不定。照他的意愿，只希望有岛一个人留在东京。倒不是还想再对他进行一次问询，而是万一这里突发什么情况的话，可以立即让有岛作为证人提供些有用的线索。

然而，情况会不会发生他心中毫无把握，所以无法强制要求有岛留下。

三十分钟后，去府中市 S 住宅区的冈本回到警视厅。

“早川准二确实去了他女儿家，不过事情好像有些蹊跷哩。”

据冈本报告，早川大约十一日上午十点钟突然来到女儿女婿家，当时人显得非常疲惫。早川这次进京，女儿女婿事先并不知道。早川告诉女儿说自己是十日上午早上到的东京，当天晚上投宿在哪里早川却没有说。十一日，他到女儿家后因实在累得不行，便蒙头大睡，晚上又接着睡；脚上的鞋子脏兮兮的，裤子也弄得皱皱巴巴，所以女儿猜测父亲花很长时间走了许多路。

早川在第二天也就是十二日的上午十点钟左右起床。那天在家待了大约一个小时又出门去了，走之前跟女儿说好晚上回来和女儿女婿一起吃饭,并且再住一个晚上。他还提到当天的安排是前往中央有关部委拜访。当天晚上女儿女婿做好了暖锅等父亲回家，可他却一直没有回来。

女儿女婿不免担心，估摸父亲会不会已经返回北浦市，只是时间匆促顾不上电话说一声,于是今天早上试着给老家打了个电话,被妹妹告知，父亲来电话关照过了，假如信子来电话问就告诉她，说父亲因公务耽搁，还得在东京再待两三天。听妹妹这么一说，信子才放下心来。

早川的长女信子将事情经过原原本本告诉了冈本。冈本自我介绍说是警视厅的，倒又令信子感到了不安，反过来向冈本问了许多问题。

听了冈本的报告，田代觉得，早川的行动实在令人生疑。

“警长，会不会连早川也一起失踪了？”冈本低声问道。

“这个……”

现在没有任何头绪。不过，这个最新事实，给春田市长的失踪愈加蒙上了一层不安的阴影。

假设春田市长与早川准二议员先后失踪，是否表明两人之间有着一条无人知晓的深脉？还有，导致两人先后失踪的共同事因又潜匿在何处？

听过冈本的报告，田代尤其感兴趣的一个事实是，早川准二出现在女儿家的时候，显得非常疲惫，裤子也皱皱巴巴的。

“早川睡了一晚，第二天说是去拜访相关部委，应该是骗他女儿吧。”田代用铅笔末端抵住嘴唇下边说道，“一个地方议员独自一人来东京拜访相关部委的官员，是没有人会接待他的，北浦市的议员组团前来，人家才肯会见他们哪。早川这是对女儿随便说了个借口而已。”

“我也觉得有点不可思议。市长和早川的关系并不和睦呀，一个是地方政府的保守派首脑，一个是长期以来跟保守派针锋相对的革新派议员嘛。听他女儿说，这个早川准二议员，年轻的时候是从事工运的，他在这方面已经干了四十年，被认为是革新派中的斗士哩。”

田代到底还是没去上野车站监视北浦市议员一行离京。他只是让冈本和青木从远处暗中观察。事后两名警员报告说，没发现任何异常，一行顺顺当当乘坐“山神 53 号”列车离开了东京。

晚上，田代早早回到家里，泡了个热水浴，喝了大约半斤酒，坐在被炉[1]前迷迷糊糊地就睡着了。或许是比较累的缘故,近来他经常会这样。

正梦见自己被什么东西追赶着，却被妻子摇醒了。原来是警视厅来电话。电话中值班警员的声音都变了：“日野市的杂树林中发现一具被害尸体，怀疑是失踪的北浦市市长！现在负责鉴定的人已经赶往现场去了。听说这件案子是由田代警长跟进的，所以特意向您报告一声。”

要来的事情终于来了——田代情不自禁地想。

他一边用眼神示意妻子赶紧帮忙做好外出的准备，一边大声冲着话筒叫道：“赶快派一辆车子过来！另外，立刻联系一下冈本警员和青木警员，联络上了请帮忙转告，叫他们马上去现场！”

# 5

田代警长坐在前来接他的车中，浑身微微震颤。

车子沿着甲州街道向西一路疾驰。驶过调布站之后，车顶挂起了红色警灯，警笛也开始鸣叫起来，路上的出租车和卡车急忙让道，挨次缓

---

1　被炉：日本一种家庭取暖用具，在矮桌下面固定有电热热源，桌子上覆盖被褥垂下，盖住腿脚用以取暖保温。

缓而行。从久我山的家里出发，驶至府中车站只用了二十分钟。

车子仍旧向西疾驰。

北浦市市长春田英雄的尸体终于现身了。现场位于日野市某街区，从甲州街道沿通向川崎街道的一条狭小道路，面朝实践女子大学走一段，在道路左边的杂树林中。这一带，虽说有不少住宅，但仍有许多地方至今保存着昔日武藏野的原始风貌。尸体被发现是十五日的傍晚七点钟左右，田代在家中接到电话是在那之后半小时。

田代的家恰好位于警视厅驶往现场的途中，所以他直接赶往那里。

在车上，田代通过无线对讲机又对事情经过进行了确认。报警者是住在现场附近的房屋业主、日野车站前一间房屋买卖中介的店员和房子的买家。买家是位中年工薪族，已经付了购房定金，为慎重起见，他再次来到这儿想看看周围的环境。在这块被人平整过了的荒地北侧，是一片杂树林，显得有些冷僻，考虑到家里的女儿正当花季，他必须确保全家人的安全。

三人各自打着手电筒，经过平整过的荒地，走入杂树林。麻栎的枯叶已经落光了，宽仅五十厘米的林中小路铺着厚厚一层落叶。

就在此时，奇妙的情景出现了：充作向导的业主手电灯光照到一堆红色的新土,而且唯有这儿隆起一个土包。大概是为了不让人轻易看出来，土包上还覆盖了些落叶和枯草。三人心想奇怪，于是折断树枝当镐头试着拨弄了几下，结果从土中露出一只人的手。

到达现场之前，田代一直震颤不止。虽说在警视厅吃了好几年饭，但一想到这将是一件大案子，还是会感到不寒而栗。这是一种对于破案的坚信和不安交织在一起的感觉，仿佛一团炽情憋在胸口。

田代有过预感，春田英雄市长说不定已经存身无望了。这件案子他能够估计到的几种结果，一是名副其实的失踪，再有是某种意外灾祸导致的下落不明，还有就是诱拐、绑架、事故致死，以及被杀身亡。

车子从甲州街道左拐进入川崎街道，穿过中央高速公路的高架桥洞，拐入右手边一条小路。路两旁密布着小树，住家也变得渐渐稀疏。道路右边的高台上是密集的住宅区，而这边却是人迹罕至。

向前行驶了一段，黑乎乎的荒地远处有三四支手电筒发出的微弱亮点。因为是在黑黢黢的杂树林中，亮点看上去有点神神秘秘。远处的手电筒画着大大的圆圈。那是保护现场的警员看到车子到达向这边发出的信号。

田代在窄狭的路边下车，踩着地里的土埂向前走去。走到杂树林差不多有五百米远。不一会儿，对面的亮点晃悠着上来迎接。

"辛苦了！"上前迎接的警员见到田代，将手举到帽檐边敬了个礼，"在这边。"

黑暗中飘来落叶的气息。夜晚的风夹着凉意。

随后，田代踏着铺满枯草的路，走进树林。随着田代往前移动，先前到达的警员们用手电筒照着脚下，也跟了过来。林中簇生着榉树、枫树、栎树等无数杂木，在手电筒光的照射下，树影摇曳，仿佛活了起来。脑袋碰到头顶的树枝时，顿时从树梢扑簌扑簌掉落下许多枯叶。

引路的警员手中的电筒光停住了："就是这里。"

所有人的手电筒光柱都集中在地面。下面的红土被翻露到地表，好像被什么东西拱上来以至裂开一道缝隙，一截白嫿嫿的人手套在西服袖口中露了出来。

"发现尸体的业主和房屋中介等人只是用树枝翻弄了几下，现场就是这个样子。"

先到的司法鉴定科警员亮起闪光灯将现场拍了下来。拍完照，所有人一道开始挖掘尸体，挖掘的每个步骤都被相机记录下来。

尸体埋得距离地面不深。为避免铁锹弄坏尸体，大伙儿小心翼翼地将土一点点除去，先是黑色西服露了出来，接着是穿着鞋子的脚，最后被土弄脏的面部也露出来了。将一具尸体完整地挖掘出来，用了不到三十分钟。

手电筒光集中到了死者面部。脑袋无力地歪向一侧，身体向前蜷曲，像是屈葬[1]的姿势，大概是被人硬给塞进狭小的坑里的缘故。

“是春田市长！”

死者的脸孔与北浦市议员一行提供给警视厅申请搜索失踪者的照片一模一样。

司法鉴定警员迅速将手电筒照向死者的颈部，仔细观察，只见光柱中映现出的颈部清晰地印着一道紫色的索状痕迹。

“是被勒死的。”蹲着身子的鉴定警员说。

“死了多长时间？”田代马上接口问道。

“这个嘛……不做解剖的话还不能明确下结论，大致估摸的话，大概死了有五天了。”

五天，也就是说，市长失踪的十日那天夜里，或者翌日凌晨。

田代立即回忆起有岛秘书说过的，市长与议员们一同在银座吃过晚饭，独自离席返回了都市会馆，有岛虽和市长同行返回，但到了会馆门前，市长却对他说，好了，你不必陪我，自由活动去好了。

有岛目送市长走向会馆的玄关，随后又回到银座，事后才知道，市长当晚并没有回到会馆，并且那之后便下落不明了。

如此看来，根据司法鉴定警员推测的死亡时间，市长极有可能是那天夜里被害的。

---

1 屈葬：将死者四肢的关节弯曲起来埋葬的方法，石器时代世界各地即有这种埋葬形式，至今仍偶见采用。

田代朝四下环视了一遭。由于已是夜晚，这一带更显荒寂，即使是白天估计也不会有人来。市长是被什么人带到这里来的？又或者，在什么地方被害后，尸体被运到这里来的？换句话说，除了这里，会不会另有第一犯罪现场？

“哦，”这时鉴定警员说道，“警长，尸体上的领带不见了！”

# 6

田代回到家已差不多凌晨两点了。

春田市长的尸体用运尸车从现场送到位于大塚的法医院去了。十六日，也就是今天上午十点钟，将对尸体进行解剖。

一回到家，妻子起来为他忙活了吃的东西，也说不清是夜餐还是早餐。田代感到浑身冷透了，于是又放热水泡了个澡。浴室用之前的奖金刚刚改造过。

泡在崭新的浴缸里，今晚现场的情形历历浮现在眼前。

根据初步勘验，可以认定春田市长的死因是被领带一类的绳索勒死的。服装上没有发现可疑的地方，唯一的就是领带不见了。另外，衬衣前襟的纽扣有两颗是解开的。

关于领带，在附近打着手电筒寻找过了，但是毫无发现，已经决定天亮之后对那片区域再仔细搜寻。

领带就算丢失，估计多半是被犯人拿走了。领带究竟是什么质地、花纹等，只有等与市长有过直接接触的北浦市议员一行返回东京车站才能够知晓。

昨天晚上，田代坐在赶往发现市长尸体的现场的警车中看过手表，七点五十分。

“这时候，北浦市议员们应该到哪儿啦？”

他低声咕哝着，坐在后排的警员马上接口道：“‘山神 53 号’到达盛冈好像是八点二十八分，所以，这会儿应该刚刚过了北上车站吧。”

“嗯，你马上跟上野车站调度室联系。”田代吩咐部下。

顺利的话，列车专用电话在“山神 53 号”驶抵盛冈车站之前应该可以截住议员一行。

有关尸体的其他可疑点，就是钱夹和名片夹也都不知所终。当然，市长失踪之前是否这两件东西都带在身上还无法确定，不过根据常识判断，应该都随身携带的，所以，尸体上这些东西不见了，只能认为是被犯人一同拿走了。

尽管如此，市长遭遇强盗这种可能性却是无法想象的。拿走钱夹和名片夹，只是不想让人立刻弄清市长的身份的一种伎俩。

市长究竟是在发现尸体的现场被害的，还是在别处被害，然后被丢弃到那里的？不管哪种情形，前往现场的交通途径或是乘坐从新宿始发的京王线电车，然后在高幡不动站下车，或是乘坐 JR 中央线在日野站下车。无论哪个车站，下车后从车站到现场徒步大约十五分钟，乘车则只需要五分钟。

十一月十日起，五天来尸体一直没有被人发现，是因为埋在人迹罕至的杂树林中的缘故。由此看来，犯人是事先就挑选好了这里作为弃尸地点。那么也就是说，是对这儿的环境十分熟悉的人所为。

市长和有岛秘书一同回到都市会馆门前，然后没有告诉秘书接下去要到哪里而将秘书支走，似乎有意掩人耳目避开有岛，说明市长要去的地方极为隐秘，连秘书也不能告知。而他在那里照面的人可能就是凶手。

——春田市长为什么会被杀？

是因为围绕北浦市政建设的复杂的政治斗争吗？还是与公务毫无瓜葛的私事引起的？

春田市长娶了个年轻美貌的后妻——这件事情始终萦绕在田代心头。这位妻子婚前是在札幌经营酒吧的老板娘。老板娘与顾客，这条线上或许有些故事吧。

除此以外，市长与前妻因为性格不合而离婚，离婚后的前妻现在何处也无从得知，这方面恐怕也隐藏着些什么东西。

还有，跟市长前后脚进京的革新派议员早川准二，这人也是个谜。

不管怎么样，一切都要等天亮之后。

田代泡完澡，心情轻松地钻进被窝，什么也不想，一觉睡去。

早上，田代七点半起床，便急急忙忙赶往警视厅。今天够忙的，得再去现场勘察一趟，还要去法医院见证尸体解剖。

九点多走进办公室，已经到了的年轻警员看见他立刻报告说：“警长，北浦市议员一行在科长办公室等候呢！”

“哦，已经来了？”田代有些吃惊。

“听说从新花卷车站乘坐新干线返回，昨天夜里就到了上野。二十分钟前刚刚到这儿，说是先到都市会馆去休息了一下。”

田代跑上二楼。

推开科长办公室的门，只见有三个人疲惫不堪地坐在会客椅上，科长还没有到。

田代上前同三个人打招呼。三个人是北浦市议会的福岛议长、建设委员远山以及春田市长的胞弟雄次。

“唉，真是祸从天降啊！”

三个人一齐站起来，咕咕哝哝地说着什么，也不知道是招呼还是吊慰。

几个人的表情都非常沉痛，尤其是市长弟弟，那个杂货铺子的小老板雄次，更是一副哭丧脸。

“从哪里返回东京的啊？”

田代问着，忽然注意到眼前没有有岛秘书的身影。

“听到火车上的广播，是在北上车站附近，我们马上查了时刻表，发现八点十五分到达新花卷车站，从那里可以换乘八点二十八分发车的上行列车‘山神 58 号’，所以我们立刻就在新花卷车站下车，在同一个站台换车返回了东京。接着，好说歹说又住进了都市会馆。”

“那可真是辛苦你们了。”

三个人似乎都没睡好觉，眼皮微肿，面色发暗。

“其他几位怎么样了？”

“大家都回来也无济于事，再说也各自手上有工作，所以就由我们三个作为代表，连夜返回来了。”议长回答。

“有岛先生呢？”

“有岛君半路下车了。”

“什么？！”

“他在大宫车站下车了。说是横滨的亲戚那边有点事情要办，昨天晚上就住在那边……他呀，这次的事情他可是担了不少心哪，所以就同意他耽搁一天再回去了。”

“这么说，他一开始就没打算跟几位一同回北浦市对吗？”

“是啊。有岛君这个人哪，集体意识很强，说什么也要跟我们同走一程，硬是陪了我们一段呢。”

据在上野车站目送他们的警员报告说，有岛和议员们一同乘上了列车，应该平安返回北浦了。不曾想到，他竟会在中途下车。

不管怎样，有岛秘书独自在大宫车站下车，田代也完全没有料到。

## # 7

田代还有一个不安：在野党的早川准二议员后来怎么样了？

昨天晚上他也想过这个问题。据去过早川女儿女婿公寓的冈本警员报告说，早川准二于十一日上午十点左右突然来到女儿家，当时人显得十分疲惫。早川说自己是十日早上进京的，但是十日晚上住在哪里却支支吾吾没说。十一日晚上住在女儿女婿家，睡到十二日早上大约十点钟起来出门去了，说好了跟女儿女婿一道吃晚饭，但是就此没有再回来。

事态发展成这样子，此刻的对话在田代心里更加引起了反响。

他让议员们暂且先回去休息，随后回到自己办公室。

这时冈本也到了。

“警长早！”

“冈本君，赶快，把你去S住宅区时说起的那些话再跟我说一遍！”

“早川议员的女儿信子告诉我说，那天议员非常疲惫，裤子也皱皱巴巴的，好像在东京什么地方走了好多路似的。到底在哪里走了那么多路，她父亲没有对她说。”

“那是十一日早上十点钟左右吧？”

“是的。”

市长下落不明正是此前的十日晚上七点钟以后。

不过，此事必须慎重推断。早川准二究竟在什么地方一路跋涉呢？

“对了，你再去一趟早川议员女儿住的公寓，问问她后来有没有父亲的消息。”

“明白了。早川议员的行踪同市长被害的案子有关联，是不是？”

“噢，现在还什么都不好说……哎，你必须丢掉这种先入为主的想法。我们要的是证据，有了证据才能做出正确的归纳分析。好了，快去吧！”

冈本抓起风衣飞快地跑出办公室。

田代带领其余警员，和司法鉴定科的同事再次前往现场。

在现场，所有警员分头将附近的草丛搜寻了个遍。他们要找的是尸体上不见了的领带。

关于领带，田代问过福岛议长、远山建设委员和市长的弟弟雄次。据他们讲，是一条博多丝绸[1]领带，上面有茶色斜条花纹。

“领带还是找不到啊！”一个手上满是泥土的警员道，“这样找都找不到，肯定是被犯人拿走了吧。”

“喂！不一定就是被犯人拿走了，你这样草率推断可要不得啊！只能说是现场没有发现领带。”

站在现场环视四周，即使白天，这儿也十分荒寂。虽然警车停的道路上有车辆经过，但几乎没有行人往来。这样的场所，尸体整整五天没有被人发现也是很正常的。

田代取出纸，抓起一把现场的红土，小心翼翼地包了起来。

“脚印之类的还是没有发现。还有，现场也没有搏斗的痕迹。”部下向田代报告说。

坐上汽车，田代忽然想到什么：“早川女儿住的住宅区，离这里近吗？”

“是的，开车大概就十分钟吧。方向的话，走直线应该就在正东方向。”一名年轻警员答道。

“把地图拿给我！”

警员拿出一张大大的行政区划地图。摊开来一看，果然，从现场到府中市的S住宅区直线距离只有大约七公里。如果愿意走，这个距离步行完全可以。

---

1　博多丝绸：日本福冈县博多地区特产的丝织品，用细经线、粗纬线织成，质地厚实，多用于制作领带、和服腰带和包袋等。

田代将地图还给警员，双手交叉在胸前。早川准二每次进京都会到女儿家来，对于距离并不十分远的这一带不会不熟悉。此时田代的关注已经向早川准二身上大大倾斜了。尽管先前还提醒部下不能草率推断，但是考虑到这里的位置和环境等，他觉得有必要进一步摸清早川准二周围的情况。

早川为什么进京？现在已经很清楚，他不是为北浦市议会履职而来的。对女儿说的拜访中央相关部委也明显是撒谎。

十日夜晚他在哪里落的脚？白天在什么地方走的长路？如今他又消失在了什么地方？

来到法医院，由于田代到得迟，解剖已经结束了。

执刀的法医古贺博士摘下口罩，脱掉白色罩衣，走进田代等候着的办公室。

“博士，又给您添麻烦了！”

“哪里哪里。”古贺法医红润润的脸上浮着浅笑回答道，“回头我会写一份详细报告的，是被勒死的，凶器应该就是领带。死亡时间在五到六天之内，所以，被害时间确定为十日晚上应该没错。”

“博士，死者胃里有没有什么发现？”

“很遗憾，没发现什么东西。”

## # 8

福岛议长同远山议员、市长胞弟雄次又回到了都市会馆。田代为了向三人了解情况，也走进都市会馆。

问询首先从福岛议长开始。田代来到议长的房间，和他面对面坐下，先随便聊了一会儿，为的是让对方更轻松些。

“案子已经出现了这样的结果，我们警方一定会千方百计地找出凶手，也希望议长详细跟我说说您所知道的情况，既然市长先生已经被害，就不要有什么顾虑了。”

“我明白。”议长从容地回答。

“对于市长先生被害，您觉得会是什么原因？”

“这个真不知道哇。市长失踪的时候我也曾经说过，想象不出任何线索，现在也还是如此。”

“市长先生在公务方面遭人嫉恨，或者因为他的存在威胁到谁的利益，有没有这样的情形呢？”

“这不可能。市议会里存在着两个党派，所以关于市政总免不了会有争执，但是那也绝对不可能发展成为这样残忍的杀人行为！”

“私生活方面不会有什么问题？”

“没有问题。”

“市长先生时常进京对吧，上次询问时听说是为了实施北浦市的港湾扩建计划而进京来陈情的，市议会对这个计划没有反对意见吗？”

“这个当然有。议会中的反对党，或者叫作在野党、革新派，他们就反对。”

“说到革新派，是指比如早川准二议员先生？”

“是的，特别是这个早川议员，他在议会上对此攻击过好几次，说市长的进京毫无意义什么的。”

“噢，他这么说有什么依据？”

“市长还有半年任期，按照早川的说法，在半年的任期内实现港湾扩建计划根本就是不可能的，再说，北浦市虽然濒海，但是从长远来看，并不具有很大的优势，不值得花费巨资再去扩建港湾。”

“这么说，他反对市长先生为这个计划的陈情而进京喽？”

“没错。各地的议会我想都是这个样子，每次市长或我们进京，就朝我们冷眼相向，好像我们无所事事就是来东京玩的。”议长苦笑着说。

“议长先生是什么意见？哦，我是指港湾扩建计划。”

“我是赞成市长的计划的。具体说起来话就长了，我就简单跟您说吧，北浦市自古以来就受制于地域狭小，这样下去无法进一步发展，考虑到将来有可能与苏联[1]进行贸易，假如扩建港湾，并建起工厂，就可以成功吸引外企来投资了。”

“那相关部委的态度怎么样？”

“老实说，目前尚没有明确表示支持。”

“怪不得市长先生才要竭力争取哪。除此以外，为了出马参加下一任市长的角逐，怎么说呢，怎么的也要赚足人气，是不是也有这方面的考虑？”

“我认为多少是有的。正如您所说的，市长确实想参加下届选举，争取做满三任哩。”

“北浦市市民对市长先生的支持程度怎么样？”

“哦，我觉得不差啊。”

“他的个人品行如何？”

“很好啊，很正派，有点谨小慎微。”

“早川准二先生也进京了，我想再确认一下：早川先生不是为了市议会的工作而进京的吧？”

“对。”

---

1　本书成书时间为 20 世纪 80 年代末 90 年代初，当时苏联尚未解体。——编注

“早川准二这个人的性格怎么样？”

福岛议长一下子慎重起来，看得出他觉得事涉刑事案件，因此说话必须十分小心，以免被抓住话柄。

“没关系，我这么问绝不会因为您说了什么就上纲上线，只不过作为参考，仅限您和我之间这个范围。”

“嗯，早川议员是个老资格的革新派，从事劳工运动有四十多年了，所以性格有些孤高，不善与人交际，但是反过来，正因为他这样的性格，在议会中抨击起来才非常尖锐，连我都为早川议员感到头痛哪。”说到这里，议长笑了。

“市长先生与早川先生关系怎么样？”

“在议会中针锋相对，但是个人之间没有任何恩怨。”

“谢谢您。”

接下来田代来到建设委员远山的房间。远山议员是和春田市长一同进京的，因此田代觉得他可能会道出一些与半途赶来的福岛议长不同的详情。孰料，田代的希望彻底落空了。远山的回答基本没有超出上一次的范围，市长进京的目的、他本人对于港湾扩建计划的态度等等，和福岛议长相差无几，对于早川准二的评价也与议长大同小异。

远山特别强调，自己与市长乘坐同一辆列车进京，一路上市长并没什么异常的举止。

下一个是市长弟弟春田雄次。和其他议员不同，他住的房间最差。他相对年龄较轻，再说哥哥的事情给大家带来了麻烦，所以也是理所当然的。上次问询的时候，他的应答干脆爽快，但这次因为已经发现了尸体，显得很是无精打采。

田代是第一次与市长弟弟就只有他们两个人在一起谈话，因此首先再次向他表示了吊慰。

“那么，我希望您能够毫无保留地回答我的问题……您上次说过，市长先生和他前妻是协商离婚的，是吗？”

“是的。”

田代心想，这个弟弟和他哥哥英雄的长相稍稍不一样，到底是像父母中的谁呢？看照片，春田英雄是圆脸，弟弟雄次却是一张长脸。

“因为双方性格不合？”

“是的，前面的嫂子非常任性，跟哥哥实在合不来。”

“离婚后，她回了自己的娘家是吗？”

“对……她家也是酿酒卖酒的，在距离北浦市大概六十公里一个叫栗山的村子。她在那里住了一阵子，但很快离开娘家，之后就没有了音讯。毕竟离婚成了两家人，所以详细情况也不便去多打听……”

“是在十年前离的婚？”

“是的。”

“上次说过现在的夫人是八年前结的婚，这么说来，市长有两年时间过着独身生活？”这还是重复的上次的询问。

“没错。”

“关于之前夫人的消息，您完全没有一点线索吗？”

“没有，因为两个人离婚了，不知不觉与她们家就没什么来往了。”

“可是，有关她的传闻，或者是各种风言风语，不会没有听到吧？”

“是啊，”雄次歪着长脸答道，“既然您这么说，我就照实跟您说吧，不过这都是别人的传言，是真是假我可不敢保证……”

“那当然，仅做参考而已。您说吧！”

“前面那位嫂子……”

“对不起打断一下，还没请教她叫什么名字……”

“她叫矢野登志子，跟我哥离婚的时候三十五岁，现在应该四十五了。

她娘家酿造的酒叫‘雪之舞’，那一带是清酒产地，有好多清酒品牌，但‘雪之舞’在全国都很有名，不过最近几年好像不太景气了。”

“哦。她父母呢？”

“父亲名叫矢野源藏，今年我想有七十来岁了，登志子的母亲听说比她父亲小五岁。”

田代把这些都记在了本子上。

“您请继续。”

“呃，其实也没什么重要的情况。登志子回到娘家无所事事地住了两三个月，因为好胜心强，不愿意被人指手画脚说是被婆家休掉的，所以就离家出走了，只说是上东京来。跟大城市比，乡下那种地方还是封建得很，所以很多地方一直到现在，女人如果被休婚的话还是被人瞧不起的。”

“明白了。那么她现在在东京什么地方呢？”

“这个就不知道了。”

“她跟父母也没什么联系吗？”

“没有，听说只是走之前留下一封信。当时，父母还很担心，报警请警察寻找离家出走者哪。后来也没听说回来过，大概一直就生活在外面吧。”

# 9

听完春田市长的弟弟叙说一番情况后，这时福岛议长从走廊推开半扇房门，探进头来：“田代先生，市长秘书有岛君刚刚回来了！”

“噢！”田代收起笔记本子，站起身，“那好，我们以后再谈。”他朝雄次轻轻点了点头，往走廊走去。

“有岛先生没有在横滨住一晚，然后直接返回北海道吗？”

“他说看了今天的新闻，吓了一跳，所以就急忙赶来了。这小子看到我们也返回这里，他倒大吃了一惊哩。”

“他人在哪里？”

“现在在下面的大堂等着呢。”

“我这就去找他问问情况。”

田代快步穿过走廊走下楼梯。议长站在那里，目不转睛地看着田代的背影离去。

有岛秘书靠在大堂的沙发上，看到田代下楼，像弹簧似的跳起来，情绪亢奋。

“我看了今天的新闻了！”有岛涨红着脸说道，“市长先生到底还是……”

“没错，就因为这件事情，所以请几位议员们返回来协助我们调查。您能回到东京，真是帮我们大忙了！假如您返回北海道，就只能由我飞去北海道找您了。”

“我的话那么重要？”

“不是重要不重要，凡是市长身边的人我们都必须仔细了解情况呀……您乘上了‘山神53号’后，但真没想到，会中途在大宫站下车啊。”田代语含讥讽地说。

“在大宫站下车，是那天突然间想到的。”有岛自我辩白道，“我本来是应该陪议员先生们一行回去的，可巧要去横滨的亲戚家里办点事，而且得到了议长先生的许可。”

“亲戚家在横滨什么地方？是做什么的？”

“没啥大不了的，就是开了一家小餐馆，在海滨大街往县厅方向稍许过去一点有间‘若叶’餐馆，那是我婶母家。”

田代将这个情况也记在了本子上。有岛惴惴不安地盯着移动的笔尖。

“刚好现在没有别人，我们坐到那边去，听您接下去说说吧。”田代将有岛引到角落的沙发上。

“刚才，”一落座，田代便开口道，“我向议长先生、远山先生，还有市长先生的弟弟询问过，大致情况我已经知道了，跟您上次所说的没有大的出入。”

有岛点点头，像是稍许放下心来。

“现在我想问问您，您作为市长先生的秘书，理当随时陪伴在侧，特别是进京时，据说还得帮他照料身边一些琐事，所以我想，您应该还知道一些其他议员不了解的情况，是不是这样？”

“啊呀，警长先生，”有岛急忙否定，“我跟市长进京和其他议员几乎没什么不同呀，我只不过遵照市长的命令跑跑腿罢了。”

“就是这个跑腿才重要啊！”

为了让情绪亢奋的有岛镇静下来，田代从口袋里掏出香烟，有岛立即用自己的打火机为田代点着烟。这个举动，还真不愧是当秘书的。

“谢谢。”田代吐着烟圈说道，“哎，有岛君，市长先生随身带钱夹和名片夹吗？”

“当然带，钱夹是鳄鱼皮制的，名片夹也是。”

“您知道钱夹里大致装了多少钱吗？”

“现金吗？嗯……出差的时候应该预支了相当一笔数额的差旅费，所以大概有三十万日元吧。”

“但是尸体上没有发现钱啊！”

“啊？”有岛很惊讶，“被偷走了？”

“没有散落在现场，大概是被凶手盗走了。”

这时候，田代看见冈本警员走进了会馆正面的玄关，他向有岛说了声“失陪一下”，便急急地走到冈本身旁。

“听说警长来这儿了，我就赶了过来。”冈本低声说道。

“怎么样？”

“早川准二还是没有回他女儿的公寓。他女儿女婿也在问怎么了，特别是他女儿，反过来追问我是不是发生了意外，担心得不得了……市长的死他们已经知道，说是看到新闻报道了。”

“是吗？”田代嘬着香烟屁股，声音放得更低，“喂，有岛秘书就坐在那边，你不要朝他的方向看，直接从这儿出去，然后躲在附近监视他。那家伙等我离开之后肯定会外出的，到时候你就跟住他。”

“明白了！”

冈本点点头，若无其事地推门走了出去。

田代透过玻璃门目送冈本的身影消失后，缓缓回到有岛坐着的沙发旁。有岛的表情变得非常不安。

## 时间空白

### # 1

田代警长从都市会馆返回警视厅大约一小时。虽说已在日野警署设置了破案小组，但警视厅这边更加便利，所以田代仍旧驻守这边，沉着地指挥破案工作。

跟踪有岛秘书的冈本警员打来了电话。

“警长，您一离开都市会馆，有岛秘书就马上外出了，果然如警长预料的！”

“是吗，去了哪里？”

“他坐上一辆路过的出租车，一下子就无影无踪了。我也马上叫了辆车跟上去，可是路上堵得厉害，跟丢了。实在抱歉！”

“什么？这可不像你干的活儿啊。后来呢？”

“是是。没办法，我只好又返回都市会馆等着，大概过了四十分钟，有岛乘出租车回来了。”

“四十分钟，应该没跑多远嘛。”

“我本来想截住他问问他到什么地方去了，但想到警长之前的判断，忍住了没那么做，这才给您电话报告一声。警长，下一步怎么办？”

“有岛现在应该和议员们在一起吧？”

“我想是的。反正他回来之后，所有人暂时都没有什么动静。”

“好的，我知道了。那边就先这样吧，你可以回来了。”

田代心里很想将有岛叫出来，给他一点压力，好让他把知道的全部线索彻彻底底吐露出来，但有岛毕竟也不是一般人，不能指望他会痛痛快快全部告诉警方，若不掌握一定证据，单靠泛泛地问询肯定难有大的收效。

于是，田代开始琢磨有岛秘书和议员们一同乘坐“山神 53 号”，却中途在大宫下车的理由。为什么只有他一个人下车？正常情况下，春田市长遭遇如此横祸，作为秘书的他这时候不该半路转道去婶母家处理私事，而是尽快赶回北浦市。因此，去横滨的婶母家只能认为是一个借口。

正午过后，先前约好的神奈川警署的警员打电话来通报情况。

“已经去横滨市中区元浜町的餐馆‘若叶’调查过了，店主的妻子确实有个叫有岛安太郎的外甥，现在北海道北浦市市政府工作，听说担任市长秘书。昨天夜里十二点钟左右，有岛到‘若叶’餐馆来也确有其事。”

“是夜里十二点钟吗？”

田代非常吃惊。“山神 53 号”从上野车站发车是下午五点零六分，抵达大宫五点二十六分，可有岛却是半夜十二点钟才到达“若叶”，中间差不多六个半小时他去干什么了？

“他当晚是在‘若叶’过的夜吗？”

“是的，所有店员都证明他过夜了，我想不会错的。”

“第二天，也就是今天，他做什么去了？”

“今天，他从报纸上看到自己担任秘书的市长被害的消息，吓了一大跳，说必须马上赶回东京，于是上午十点左右离开了‘若叶’餐馆。”

这个倒是与事实吻合。有岛今天返回都市会馆是上午十一点多,那么,他十点左右离开横滨刚好差不多。

问题是前一晚六个半小时的行踪。那么充裕的时间，完全可以潜回东京来处理些事情，如果乘飞机的话，去一趟北海道也够了。尤其是，他急于处理的还是不能让同行议员们知晓的事情。

有岛在隐瞒什么——田代对这位市长秘书的怀疑愈加强烈了。

# 2

十一月十七日。

这天，完成了解剖被交还给家属的春田市长的遗体，由市长胞弟春田雄次、福岛议长、远山建设委员、有岛秘书等人送去火化了。一行准备乘坐下午三点十分从羽田机场起飞的日航班机返回北海道。他们在东京一天也不愿意多待了。再说北浦市那边据说也已经闹得满城风雨了。

下午两点不到，田代警长来到都市会馆拜访议员一行。再过十分钟，他们就要搭乘巴士前往羽田机场了。

“多谢您了！”市长弟弟春田雄次看见田代，立即礼貌地向对方致意道。这个同胞弟弟不像他从政的哥哥，完全是一副商人的性格。

“多谢多谢……”福岛议长、远山建设委员也一齐颔首致意，“我们这就要回北浦市了，还望警方尽快将杀害市长的凶手捉拿归案。”

“当然，我们警方会全力以赴的。你们也受累了。”

有岛秘书呢？再一看，原来有岛谦恭地跟在福岛议长身后。田代表面不露声色，心里却咕哝道:“这家伙！看来唯独对这个有岛不可掉以轻心哩。”

可是，就算揪住有岛质问他从横滨下车的理由以及那六个半小时的时间空白，想必他也不会干净利索地讲出事实，必须摆出无可辩驳的证据来才能令他服帖。眼下，已经派其他警员前往横滨，可惜等调查结果出来，这伙人已经乘飞机离开了。

——好吧，没关系，反正对方也不至于逃跑或者藏匿，索性从容不迫地等收集到充分证据之后再发起进攻，现在暂且装作什么都不知道。

田代平静地目送四人坐上停于都市会馆门前的巴士。春田雄次将装有哥哥骨灰的白木盒抱在膝头上。

一番道别，巴士离开都市会馆朝赤坂方向驶去，消失在坡道下面。目送巴士离去的田代仿佛感到，一桩命案就这样被四人带回了北海道。

一个半小时后，田代接到青木警员从羽田机场打来的报告电话。

“警长，那四个人都顺顺当当上了飞机，已经起飞了。”

“是吗？”

这次，就是有岛也不可能再玩半途下车的把戏了。

有岛十五日在大宫下了“山神 53 号”列车，目的并不是去看望婶母，而是避开一行单独干件什么事情。当晚有六个半小时的时间空白，即使扣去他往返横滨某个地点的时间，也足够他办这件事情了。然而，关于这一点即使直接质问有岛，他一定会说：“我在横滨下了车，可是觉得马上去婶母家没意思，就在外面喝酒、闲逛了一阵。在哪里喝的？嗯，我记不得了。”

另外，对于昨天外出的去向，他也一定会随便找个理由搪塞，所以必须抓住切中其要害的旁证，否则难有效果。

有岛尽管值得怀疑，但问题更大的是早川议员的行踪。自从十二日离开女儿女婿住的公寓，早川便毫无消息。眼下，已经拜托了北浦市警署，请他们一旦发现早川议员返乡就立刻通报。

鉴于早川议员令人费解的行踪，想要解开市长之死的谜，似乎早川议员比有岛秘书距离真相更近。田代想，假如早川议员回到北浦市的话，视案情需要自己可以出差一趟，找到他直接问清楚事情的来龙去脉。

北浦市警署打来电话，是在一行从羽田机场起飞之后大约一个半小时，也就是福岛议长一行乘坐的飞机差不多将要降落札幌的时候。

“早川议员昨天上午九点前已经回到自己家了！”对方通报说。

“什么，昨天？是十六日吗？”

十六日上午九点钟之前返乡的话，离开东京就应该是十五日。最早一班飞机降落千岁机场的时间是早上八点二十五分，从机场回到北浦市的家，再快也得半个多小时。十五日正是市长尸体被发现那天。而早川是同一天离开东京的。此外,跟这同一天,福岛议长一行乘坐“山神 53 号”离开东京，有岛独自一人在大宫下车。

“早川先生是乘坐十五日几点的火车离开东京的？”

“说是十七点十七分从上野发车的‘北斗星 3 号’火车。”

那样的话，也就是“山神 53 号”发车之后十一分钟。

“早川先生现在的情形怎么样？”田代一边在大脑中整理思路，一边继续问道。

“好像没什么异常，不过显得相当疲惫……据他本人向别人说起，这次进京是去女儿女婿家办点私事。”

但这并不是事实。早川议员确实在女儿家住了一晚，可是冈本警员从他女儿那里了解到，早川议员并没有非得即刻进京处理的紧急事情，以至于他女儿觉得父亲的行动有疑，反过来向来访的警员一个劲地打听。

“那边还有其他异常情况吗？”田代问道。

“春田市长出了这样的事情，市议会准备召开紧急会议，因为进京的福岛议长预定携市长的骨灰今天傍晚返回，所以会议定在明天上午十点钟召开，可能要决定先由市长助理暂代市长，一直到选出新市长为止。

这个会议非常重要，所以早川议员当然也会出席。”

这也就是说，早川议员眼下不会离开北浦市。

田代道过谢，挂断了电话。

如果早川准二不离开北浦市，今天晚上就可以出差去那边。田代脑子里仍萦系着早川离京的日期。他在女儿家过夜是十一日，那么，前一天的十日，还有之后的十二、十三、十四日这几天他在哪里落的脚？又在做什么呢？

# 3

设置于日野警署的破案小组，考虑到被害人是北浦市市民，因此将破案重点放在了现场。春田市长是在发现尸体的现场被害的，还是在别处被害后再转移到那里的？这将决定搜查破案的方向。破案小组从这两方面同时入手进行调查。

人际关系方面，紧随市长一行进京的早川准二议员在东京的行踪是调查的另一个重点。向本人问询最直接简便，可是早川已经返回了北浦市。

令人关注的是，早川议员到达东京的十日夜晚，以及十二日之后的这三天里，他在东京都内何处落的脚？平常北浦市议员们进京时的定点旅馆锦秋馆没有见到他的身影，更不用说，他也没出现在都市会馆。

最迅捷的手段是拜托北浦市警署，直接对早川本人进行问询。然而，眼下还不能断定早川议员同春田市长被害有关联，警察对他进行调查（即使只是了解情况），势必惊动他，会给接下来的破案工作带来不便。因此，暂时只有通过其他途径掌握对方的行踪，以此作为突破口，再对早川进行质问方为上策。

只要早川是在东京都内落脚，调查就相对容易，由破案小组指示各警署通过对辖区内的所有酒店和旅馆进行排摸就行了，投宿日期是明确的，相貌、年龄及服装等也都一清二楚，排摸线索十分明了。

就这样，在得到北浦市警署关于早川议员已经返回北浦市的通报后第二天，早川准二在东京落脚的地点查明了。

报告来自神田署。投宿地点是神田锦町一家名叫“伯龙馆”的二流旅馆，据说要查询的对象十日傍晚五点左右入住该旅馆，投宿者浓眉、厚唇、脸上刻着很深的皱纹，体格健壮，肩背宽厚，看上去似乎性格暴烈。早川准二战后四十年来一直投身于劳工运动，是名活跃的社会活动家，看来他独异于众的模样给旅馆留下了很深的印象。

田代警长立刻让旅馆送来投宿人的登记资料。这是一张类似发票大小的表，印有住址、姓名、年龄、职业等登记项目，表上用铅笔填写的是“石川县鹿岛郡田鹤浜町 ×× 街区、山田太郎、六十岁、农业”。

这很令人怀疑。“山田太郎”这个名字看上去就像个化名。遗憾的是，这份笔迹是否出自早川议员亲书不好判断，因为缺少用以比较的参照。于是田代先将它小心收起来，随即同北浦市警署联系，请他们设法弄到早川议员的亲笔笔迹并立即送来破案小组。

关于“山田太郎”的情形，伯龙馆方面提供了如下证言：

“这位客人是十日下午大约五点钟住进来的，吃过晚饭后，说是有点累了，就躺下休息了一会儿。哦，对了，他来的时候就好像是一副很疲惫的样子。我们服务员问他，坐火车坐累了吧？他回答说，是呀，因为从大老远的地方来的。这也难怪，到底是从北陆地方[1]来的哪。可是他只休息了三四十分钟就起来了，说要去见个熟人，就出去了。嗯，大概是

1　北陆地方：日本新潟、富山、石川、福井四县的总称，因旧时属北陆道而得名。

六点半吧。回来很晚，因为我家店门十一点钟要关门的，这位客人就在快要关门的时候才回来的。回来的时候也是很疲惫的样子。他还笑着跟服务员说，今天一早乘火车赶了这么远的路，又走着去了趟熟人家，更是累得不行哪。鞋子吗？没错，鞋子脏得一塌糊涂，鞋底还沾满了红土呢，所以我猜想，他去见的那位熟人兴许住在乡下吧。当然他本人没有说起去过哪里。我们店里一般是不负责为客人清理鞋子的，因为团体客人很多，那天晚上就有外地一个中学生的修学旅行团住在店里，所以根本没有人手照顾到客人的鞋子。第二天？那天早上用过早餐，大概是八点半出门的，样子看上去没什么异常。用餐的时候好像他还说过，睡了一大觉，感觉基本恢复了。女服务员还收了他给的一千日元小费哩。”

根据旅馆提供的证言，如果此人就是早川准二议员，那么他十日傍晚大约六点半离开旅馆，一直到十一点之前都没有回旅馆；到女儿女婿家是第二天十一日的上午十点左右，应该是早上八点半从旅馆外出后直接去的。

十日晚上正是春田市长失踪的第一晚。早川这天夜里几个小时去了什么地方？而他从外面回来的时候，鞋底上又沾满了红土，这与发现市长尸体的现场的泥土是一样的。

早川准二应该很熟悉东京地理。按正常思路，他进京都是作为市议会议员的公务出差，之前也没在东京居住过，对东京不怎么熟悉才对。可是，这只不过是一厢情愿的想象，绝对不能断言他不熟悉东京。

关于这一点，田代决定试着问一问早川的女儿女婿。

“早川既没有在东京居住过，也没有长期逗留过，”从早川女儿女婿处了解情况返回的冈本警员报告道，“对于发现市长尸体的现场附近应该是完全不熟悉的。他也就是每年大概两次公务出差到东京，事实上，据说他自己曾经对女儿说过，虽然来过东京几次，但还是搞不清方向，自己知道的顶多就中央相关部委、旅馆和银座几个地方了。”

这点姑且相信他所说。

但如此一来，就无法将早川议员与发现尸体的荒寂树林联系在一起了。选择那个地方，绝不是出于偶然，应该是对那一带相当熟悉的人的作为。

事既如此，只有找早川议员本人问问清楚了。

早川议员与春田市长的私谊如何不得而知，但政见上是相互对立的，特别是早川议员强烈反对市长的港湾扩建计划，经常抨击市长因这个计划而数度进京。田代警长从远山议员和福岛议长那里了解线索的时候知道了这些情况。

不过，这毕竟只是政见分歧而已，并不能据此断定是早川准二杀害了市长。假如早川真是杀人凶手，其杀人动机也不会是这些政见问题，必定另有其他原因。

这些，守在东京警视厅是无法掌握的。鞭长莫及，令田代颇为沮丧和烦愁。何况关于早川十二、十三、十四日的行踪，至今仍一无所知。

田代想，看这样子得派遣部下前去一趟北浦市，围绕春田市长的人际关系，彻底调查一番。

#4

田代警长电话拜托的第二天，北浦市警署将早川准二的笔迹用电传发送了过来。

这是早川准二写给别人的私信，写在便笺上，只写了两页，内容并无特别含义，是时令的问候及收到赠礼之后的致谢，但这已足够用来与“山田太郎”的笔迹进行比对了。

田代将伯龙馆的登记表上“山田太郎”的笔迹和发送来的早川准二的笔迹，一同拿给司法鉴定科的笔迹鉴定专家看。

“没错，这两者非常相似哪。”司法鉴定科的技术官看了一眼便脱口说道。

事实上，田代凭直觉也早已断定，根据这份资料，十日夜晚投宿于伯龙馆的那个“北陆人”毫无疑问就是早川准二。

“详细结果过后再写成报告交你。”技术官说，“我个人认为，这是同一个人的笔迹，但为了慎重起见，我们还会请民间的鉴定专家再一起看一下。”

警视厅有时候会委托各路专家权威进行笔迹鉴定。

北浦市警署电传送来的还不仅仅是这封私信，还有一份当地发行的北浦市地方报纸，真是做得够地道的。

报纸上有一行大字标题：

“市议会召开紧急会议 桐山助理任代理市长 早川议员痛批港湾扩建计划”

只看这样的大标题，就能充分认识到早川准二议员猛志常在的健斗风采。

鉴于春田市长意外死亡，北浦市议会的紧急会议在福岛议长、远山议员等人自京归返后于十八日上午十点召开。进入正式议题之前，经福岛议长提议，全体议员向已故市长春田英雄氏默祷致哀。

其后议长宣读议案，决定由桐山市长助理代理市长职务至后任市长选出止，全体议员表决通过。关于下一任市长的选举日期，拟由各派协商后再决定，目前来看很可能将于下月底进行。

紧急会议上的发言主要有：田中议员要求福岛议长报告市长遭遇

不幸及进京处理的事件经过，议长对此进行了说明，内容与新闻报道大体无异；同时指出，目前正由东京警视厅负责案件的侦破工作，俟候侦破取得进展将会随时通报。

接着会议进入正式议题，早川议员起立向桐山代理市长质询有关港湾扩建的问题。

早川议员：本市的港湾扩建计划从已故春田市长起就成为一个悬案，作为代理市长的桐山助理，是否还会就此进京向有关部委陈情?

桐山助理（代理市长）：关于这个问题，将取决于下一任市长的判断，目前市政当局不会积极推动此事的进行。

早川议员：可是，北浦市市政府方面频繁进京向中央有关部委开展陈情活动，这不是春田市长个人的行为，而是北浦市的政府行为，因此，单单因为市长意外死亡这个理由而突然中断陈情，对中央部委来说是不是有些自相矛盾?

（此时远山议员也提出相关质询）

远山议员：如果市政当局以后任市长未定为借口，消极对待港湾扩建陈情活动，这不合乎情理。在下一任市长选举产生之前，目前应该继续遵行春田市长的政策，因此，桐山代理市长也理应奉行春田市长的方针。

早川议员：其实我正是担心会出现像远山议员刚才发言所代表的庸俗论调才故意质询的。我认为，随着春田市长意外死亡，这项港湾扩建陈情活动也就终结了。刚才远山议员的发言意图促使市政当局继续执行春田市长的政策，这显然是越权的行为。代理市长的职责范围仅仅限于市长的事务性工作，如果代行职责扩大到政策面是不妥当的。

桐山助理：我的想法是，在后任市长选举产生之前，尽量代理事务性工作。问题是，全面终止向中央相关部委的陈情活动是否妥当?

因此，我的态度是陈情活动仍旧继续，但只会在代理市长的权限范围内实行最小规模的活动。

早川议员：可那是越权行为！

会议于下午四点半闭会。

这篇报道田代反复看了两遍。这是一篇地方议会会议报道，并没有特别值得玩味的地方，作为在野党议员的早川，揪住某项市政方针一通指责攻伐而已。

然而，早川准二进京期间的个人行动却大有问题。他十日晚投宿于神田的旅馆，十一日去了女儿女婿的公寓。截至目前，只有这些是清楚的。可是十二日、十三日、十四日这三天的夜晚他在哪里落的脚？这三天里的行踪又究竟如何呢？不光这些，甚至十五日傍晚乘上“北斗星 3 号”特快卧铺列车五点十七分从上野站发车之前，他的行踪也不得而知。

说起来，早川议员离开北浦市进京的目的仍不明朗。是进京的议员们接到家里的联系电话方才知道他进了京，可见跟公务毫无关系。即便是私事，可却连女儿女婿也弄不清楚。

田代觉得，单靠当地警署调查恐怕无法查清所有事实，看来有必要直接向本人进行问询。

话虽如此，眼下市长被害案件与早川议员进京之间尚没有存在任何关联的线索，因此，就这个案子直接问询早川似乎不太妥当，对方如果一口咬定是为私事进京的，警方就不好再追查下去了。缺少与案件直接有关的证据，警察是不容许介入到对方私生活中去的。

最理想的是掌握早川议员三个晚上的投宿场所，知道了这些，就能够掌握早川的具体行踪了。

这天傍晚——

本来不怎么抱希望的早川议员的投宿场所被查了出来，报告给了破案小组，从相貌、服装、年龄等特征可以断定，毫无疑问就是早川准二。

这些信息归纳起来形成了如下行动轨迹：

十二日夜 台东区松叶町 ×× 街区 商务旅馆“清澄”

十三日夜 横滨市西区藤棚町 ×× 街区“田川旅馆”

十四日夜 横滨市中区元町 ×× 街区 商务旅馆“山手客栈”

之所以从横滨也送来通报，是因为破案小组已经将侦破工作的范围扩大到了东京周边的城市。

田代倒吸了一口凉气。

十三、十四日晚上早川住在横滨！横滨正是此前有岛半途下车转车前往的地方！

从东京乘坐城市轻轨电车三十多分钟即可到达横滨。有岛去横滨，肯定是企图在东京周边地方办什么事情，看望婶母只是个借口。不管怎么说，他有六个半小时的时间空白。

有岛不得不在大宫下车然后转往横滨，这其中的苦衷，恐怕只为瞒过同行议员们的眼睛。联系到早川议员在横滨连续待了两个晚上，着实耐人寻味。

尽管如此，有岛因为去横滨而中途下车是十五日，其间有一天的时间差。早川于当天十七点十七分从上野站乘车离开，因此两人不可能在横滨直接会面。不过，以横滨为舞台，两条线索通过某种形式产生交错则不是不可能的。就这一点而言，早川在横滨连住两个晚上，可以说是颇有用意的。

○台东区松叶町“清澄”商务旅馆的调查概要——此人以杉山三

郎的名字登记住宿。晚上八点左右入住，随即进入房间。当晚没有外出。第二天上午九点左右外出。

○横滨市西区藤棚町“田川旅馆”——客人以岸田一郎的名字住宿。进入旅馆时间大约晚七点，用过晚餐后说是散步外出约两小时。就寝时间约晚上十点。

○横滨市中区元町“山手客栈”商务旅馆——此人在住宿登记卡上填写的是藤田三郎。晚上十一点左右入住。第二天上午十点半左右起床到餐厅用早餐，十二点左右离店。入住时显得疲惫不堪。

以上三家旅馆的通报中有一个共同之处，就是投宿人沉默寡言，疲惫不堪，以及似乎心思重重的样子。但是，鞋子上都没有沾满泥土。

投宿者用的都是化名。通过对旅馆提供的住宿登记资料上的笔迹进行比对，毫无疑问，这个人就是早川准二。

早川准二究竟干了什么？除了十一日晚上住在女儿女婿家，其余几天每晚变换投宿处，尤其是最后的十四日那天晚上，他很晚才赶到旅馆，这一点引起了田代的注意。

田代觉得，看来已经不需要再委托当地警署了，仅凭早川准二化名投宿各地旅馆，就有充分的理由对他进行盘问了。田代本想自己亲自出差去趟北海道，但这边的破案小组还需要他负责，无法远离，于是他决定派两名部下火速前往调查。

# 第二具尸体

## #1

田代警长决定派遣警员前往北浦市，让早川准二亲口说明他在东京的行踪。

如果派人出差，那就是青木和冈本了。两个人都从北浦市议会一行进京的时候起就参与了办案，特别是冈本，曾数次去过早川女儿女婿家，他最了解情况。

这天是十一月十九日。田代通知冈本和青木第二天出差。正式的流程，还需要刑侦一科科长向本案的破案小组组长也就是刑侦部部长申请并征得其同意，但那只是个形式而已，上级是不会对此持异议的。

中午十二点半左右，警员们都去餐厅或外出吃午饭了，空荡荡的办公室里只剩下田代一人。

电话铃响了起来。

“是北海道警署侦察一科打来的。”总机转告说。

北浦市就在北海道。一丝不祥的预感掠过脑际。北海道警署侦察一科打电话来肯定不是询问案件的进展，而是有新的情况发生。田代本能地准备好了铅笔和纸。

对方总机接通之后，稍隔片刻，传来一个男人粗重的声音："我是北海道警署侦察一科执行组的小森警长，田代警长在吗？"

"我就是田代。"

"哦，您好。"

对方没想到是通话者本人直接接的电话，似乎觉得有点意外。

双方在电话中简短地寒暄了几句。

"听说你们曾经向北浦警署打听过早川议员是不是回到北浦市？"小森警长问道。

"是啊。"田代立即想到可能早川准二发生了什么情况，对方的声音听上去也有点紧张。他接着说，"您也知道，北浦市市长春田英雄先生在东京被杀害，为这件案子我们委托北浦警署协助调查早川议员的一些情况。"

"这个听说了。"小森警长继续说道，"今天早上九点多，在北浦市的海面上发现这个早川议员淹死了！"

"啊？！"

虽然已猜想到发生了什么意外，但是想不到早川竟然死了！田代攥紧了听筒，赶紧在面前的纸上做记录。

"今天上午？就是说十一月十九日的上午九点多？"

"是的。"

"请您详细介绍下情况。"

"距离北浦市海岸大约二十米的海面上漂浮着一具尸体，驶经的渔船发现并把它打捞了上来，报案后由北浦市的法医进行了勘验，认为死亡时间已有十一二个小时了，换句话说，是昨天十八日晚上十点到十一点钟之间落海的。通过西服上绣的名字，死者身份立刻就知道了。哦，其实在北浦市没有不认识早川先生的。”

“等等，”正做着记录的田代大声问道，“尸体内灌了很多海水吗？”

“是的，肺部也进了海水。”

“噢。然后呢？”

“尸体解剖将于今天下午两点钟在札幌市医科大学进行，估计解剖下来和勘验结果不会有多大出入。”

“早川先生昨天晚上的情形如何？”

“昨天市里的议会召开了紧急会议，结束大概是下午五点，随后早川议员和同一派别的议员三个人一起在市内的餐馆聚餐，一直到八点钟左右。”

听小森警长的声音，像是一边在看记录一边叙述。

“聚餐结束后他们分头解散，当时早川议员也说自己回家了，但后来去他家里查过，早川根本没有回家。昨晚整夜都没有回家，所以估计是聚餐结束后直接去了什么地方。眼下，我们正在调查他八点左右离开餐馆到推测落海的晚上十一点钟之间的行踪，暂时还没有结果。”

“是这样啊。那么死亡原因是过失致死，还是自杀或者他杀？”

“尸体上没有外伤，完全是溺水死亡的状态，所以很难判断到底是过失致死还是自杀或者他杀。如果能摸清早川先生死前三小时的行踪，就能够做出判断了。”

溺死尸体最难判断究竟是过失致死还是自杀又或者是他杀，为此法医鉴定也常常会犯难。

“好的，我知道了。”田代说，“我正要派警员去北浦呢，今天晚上就会有两名警员乘火车出发，估计明天上午就能到达北浦市了。他们一个叫青木，一个叫冈本，还请你们多关照。”

“知道了，我这边会尽量给予配合的，北浦市警署那边我也会关照他们的。等解剖结果出来，我再电话向您通报。”

“拜托了！”

田代搁下听筒，吁了一口气，然后叼了支香烟。

东京之行疑点重重的早川突然死了。是自杀，还是他杀？尽管眼下还不清楚，但依然不难想象出，他的意外死亡与春田市长被害的案件有着密切关联。

假如是自杀，那么是什么事情使得早川准二后悔莫及呢？

作为革新派议员，早川与春田市长政治立场不同，政见也相左，至少在公务方面二人之间存在着隔阂。事实上，早川经常在北浦市议会上不遗余力地攻讦春田市长的港湾扩建计划。

当然，还不能因此就断言早川对春田市长下手做了什么。据之前进京的议员们说，早川从年轻时代起就投身于劳工运动，如今年岁虽高，却依旧不改其暴烈的脾气。性格暴烈说明他骨子里是个热血汉，往昔的斗志尚未磨蚀掉。即使这样，也未必会仅仅因为政治原因就对市长产生杀意。

田代正在思忖着，青木和冈本前后脚回到了办公室。

田代当即将北海道警署侦察一科的通报内容传达给他们，两个人听了惊讶万分。

“你们马上乘今天晚上的特快卧铺出发！”田代命令道，“派你们两个去北浦，这边侦破案小组人手就紧了，可是也没办法。你们到了那边，一定要仔细调查，现在还不能断定早川就是凶手，千万不要先入为主影响了自己的判断。”

两名年轻警员面对这个新任务精神抖擞。青木略显呼吸急促，他有点紧张。

## #2

北海道警署侦察一科再次来电通报。

“解剖结果出来了！”小森警长的声音透过话筒炸响起来，“早川的尸体上没有发现外伤，肺部积了大量的水，死亡时间也和勘验时得出的推论完全一致。”

“早川当晚的行踪弄清楚了吗？”

“还是那三个小时不清楚。这边的调查暂时还是从过失致死、自杀和他杀三方面同时来进行。”

“是这样啊。我们这边对当地的地理情况不熟悉，警员到了那边，还得麻烦您领他们各处去走走。”

“放心吧。”

田代目送青木和冈本两人乘上傍晚五点零六分从上野始发的东北新干线“山神53号”。乘坐这趟列车，八点二十八分到达盛冈车站，然后换乘“初雁25号”，到达青森是晚上十点五十八分，再乘坐夜晚十一点零八分从青森始发的夜行快车“蔟瑰号”，第二天早上五点多就可以抵达北浦市了。这与十八日北浦市议员一行乘坐的是同一趟列车。

当地新闻记者的目光，因为市长被害案件的侦破工作正处于暂时平静阶段而有所疏懈，照这情势，东京警视厅派遣警员前往北海道应该不会被注意到。

田代叮嘱二人，要特别留意有岛秘书这个人。

在地下层二十二号站台目送列车的红色尾灯渐渐变小，最后隐没于黑暗中，田代被人群围挤着向站外走去。来到地面层，各普通列车站台上挤满了下班回家的通勤乘客。

走出车站，田代心里一阵怅惘，不知道接下来该怎么办。

破案小组为了市长被害案件不厌其烦地从各方面了解情况，但是迄今仍未收获有价值的线索，因此只好将重点放在第一线的调查取证上，与春田市长案有关的人员全都不在东京，所以这样做也是不得已之举。

至于相关人员在东京期间的行踪，说起来那个秘书有岛还是大有问题。与市议员一行一同乘上“山神 53 号”离开的东京，但是半途却在大宫站下车，转车去了横滨，他为什么这样做？横滨之行目的何在？真相至今不明。有岛本人的说明太缺乏可信性。

有岛的行迹不能不引人注目，因为早川准二化名东奔西走的目的地中就有横滨。

这说明有什么线索隐匿在横滨？春田市长与横滨又存在什么关联呢？

春田市长在东京似乎没有女伴，这是同行的议员们和市长秘书众口一词证实了的，但倘若市长隐蔽工作做得极其巧妙的话，也不是没有这种可能。然而在东京的话，有岛秘书几乎无时无刻不贴身跟随市长，公务之外还兼私人秘书之责，因此，有岛极有可能知道市长的某些秘密。即便市长试图单独宵行，但对秘书或多或少总会有所交待，否则反而会招致行动不便。市长并非独自一人进京，每次总有几个议员同行，在他们面前，如何既保住面子、形象、名誉又能在时间上、逻辑上掩饰得严丝合缝，少不得要借助秘书的帮衬。

换句话说，市长为达到个人便利在一定程度上利用了有岛。而这一点，与有岛在大宫中途下车不无关系，也就是说，有岛很可能在为市长突然被害的善后活动而奔走。这种活动，自然无法光明正大地告诉其他议员们。

田代乘上中央线快速轨道列车，准备前往位于日野警署的春田市长被害案破案小组。车厢内挤满了从公司回家的上班族，幸好田代是在始发站上的车，坐到了一个座位。

从春田市长失踪算起已经十天了，尸体被发现也已经过去了四天。

田代翻看着笔记本，回想这段日子的案件侦破经过，列车驶过新宿站一带时，他终于迷迷糊糊睡着了。想想也是，这一个星期以来他几乎没好好睡过一觉。

“下一站日野！”

车厢内响起播报声，田代猛地惊醒，跳起来冲出车门。

站前商业街已经完全暗下来了，霓虹灯又开始熠熠闪烁起来。

# 3

第二天，二十日。大约下午一点钟，破案小组接到来自北浦市警署的电话。

“是青木君打来的。”接电话的警员赶忙将听筒转交给田代。

电话里的声音很清晰，就像市内电话一样。

“辛苦了！你们什么时候到那里的？”

“早上头一趟火车到的。我们一到这里，马上听取了北浦警署方面关于早川议员尸体的解剖结果，还有他们收集到的各种调查材料。”

“怎么样？”

“当天夜里八点到十一点钟的行踪仍然不清楚，目前，北浦警方正在全力以赴调查，但是一无所获。”

“北浦警署认为早川是他杀，还是自杀或者事故致死的？”

“说实话，目前还拿不准，不敢断定，不过，大体还是倾向于自杀。”

“自杀？什么理由呢？”

“这是从调查过程中产生的看法，早川议员从东京回来之后，种种行为显得有些反常。”

“反常？”

“简单来说，就是一副魂不守舍的样子。”青木解释道，“平常他是处变不惊的性格，但是从东京一回来，整个人就变得神经十分敏感脆弱，好像换了个人似的。听他身边的人说，平常他头一挨着枕头立刻就打呼噜睡着了，但这次从东京回来后夜里老是睡不着，为此还吃安眠药，之前从来没有靠安眠药入睡的情况。总之，他好像为什么事情非常苦恼，以至于精神有些反常，这点是可以确定的。”

“就是根据这点判断他是自杀的吗？”

“啊，因为有种种精神错乱的症状，所以往自杀这方面考虑的，当然，还没有最后确定。”

“那当然啦，怎么能那么轻易地就断定是自杀哪。”田代禁不住脱口说道，“那三个小时的行踪至今还搞不清就有点奇怪了，北浦不就是一个小城市吗？”

“是的。”

“那就更奇怪了！而且，所有的市民都认识早川，没道理说没有一个人看到过他在那三个小时的行踪，那边可不像东京呀！难道就找不到一个目击者吗？”

“好像还没找到。”

“你们这方面也尽可能多想想办法！当地警署配合得怎么样？”

“给我们提供了种种便利，我们非常满意。”

“那太好了。北海道警署的小森警长也见到了吧？”

“他为这次的案子到北浦市来了，所以见到了他。”

“是吗？那个有岛秘书怎么样了？”

“因为春田市长出了那样的事，所以有岛现在被调到市议会秘书处去了，我暂时还没见到他……”

“好吧，这个有岛还得多加注意。即使见到他，当面问询，他也不会告诉你什么线索的，所以只能不动声色地观察他……啊，对了，你们到那边的事情当地是不是知道了？”

“我们才到这儿，我想还不知道吧。”

“尽量不要让外人知道东京派警员去了那边。”

“我已经拜托这边的警署了……再有新的情况，我立刻向您报告。”

“好，那就这样吧。”

听到说早川准二出现了精神崩溃的症状，田代忽然产生了兴趣。回过头看，早川进京的时候明明说好了在女儿女婿家再住一晚，结果却一去不返，而且据女儿女婿观察，当时早川显得极度的疲惫。那天是十一日。如此说来，前一晚的十日夜里，早川遭到了导致他精神崩溃的重大精神打击。

联想到精神崩溃的症状表现，早川进京期间的投宿行为也古里古怪的：他辗转多处，住一晚换一个地方，并且用的全是化名。十二日夜住宿于台东区的商务旅馆，十三日夜住宿于横滨市西区的一家旅馆，十四日夜又住宿于横滨市中区另一家旅馆。为什么非要如此煞费周章地换来换去呢？这也是精神崩溃者的症状表现？不是一个被循迹调查的杀人凶手的遁迹伎俩吗？

于是，田代试着制作了一张表，试图寻找出早川准二进京与春田市长一行进京的交叉点。

十一月九日　〇北浦市市长春田英雄及议员一行乘坐卧铺特快列车进京。

十日　〇上午九点十七分市长一行抵达东京。

〇春田市长与议员等人在银座用餐至晚六点左右，其后，大约晚七点在都市会馆前与有岛秘书分手，随后便失踪。

〇早川准二也抵京，当晚住宿于神田“伯龙馆”。

十一日　〇早川准二出现在府中市的女儿女婿家，当晚宿于家中。

十二日　〇早川准二上午十一点后离开女儿女婿家，再未返回。

〇就市长失踪一事议会议员们向北海道方面电话报告。

十三日　〇傍晚，春田雄次与福岛议长自北海道进京，入住都市会馆。

十四日　〇北浦市议会议长、市长弟弟及议员数人至警视厅报警，填写市长失踪登记，请求警方搜查。

十五日　〇北浦市议员一行乘坐傍晚五点零六分发车的“山神53号”列车离京。

〇有岛独自一人在大宫站下车（下午五点半左右）。

〇晚七点左右春田市长的尸体在东京日野市内杂树林中被发现。

〇半夜零点左右有岛抵达横滨市“若叶”餐馆（列车抵达横滨后约六个半小时行踪不明）。

〇早川乘坐卧铺特快“北斗星3号”离京（下午五点十七分）。

〇北浦市议员一行接到从上野车站打出的铁路电话，得知市长死讯，自新花卷站换乘“山神58号”急速返回东京。

十六日　〇法医对市长尸体进行解剖。

〇据其后提交的尸检报告称，推定市长是十日晚十至十二点之间被杀害的。

〇上午十点左右有岛离开横滨市“若叶”餐馆，十一点过后返回都市会馆。

〇早川于上午九点前返回北浦市家中。

十七日　〇北浦市议员一行携市长骨灰离京，有岛也同行（下午三点十分自羽田机场起飞的日航班机）。

从这张表中可以看出，春田市长一行进京与早川准二进京两者间表面看似无关联，其实根本上是密切相关的。同时，早川的进京是突兀之举，进京的议员们得到当地报告方才知晓他进京之事。

两起进京恰在同一时间，让人不能不关注春田市长和早川准二两条线在东京某个地方存在交叉点。那么，他们是在何处辏遇的呢?

从市长方面来说，离开都市会馆后其行踪便不得而知；从早川方面来说，除了十一日在女儿女婿的公寓睡了一晚，之前和之后的其余时间全都存在疑点。市长失踪在这一晚之前的十日，而早川十日夜里从旅馆外出，去了什么地方无人知晓。假设两人避人耳目悄悄见面，则十日晚上的可能性最大。

不，不是可能，而是铁定无疑的事实。根据解剖结果，市长的死亡时间推定是十日夜里十点至十二点钟之间。

若说二人是在东京街头偶然相遇的，实在无法想象，只能认为是双方早就有约。

双方是在什么地方约定的呢?

不是东京。可能是两人先后进京之前，在北浦市。

若是这样，那么两人应该是直接、当面约定的。

不不，不是这样的。北浦市熟人太多，耳目错杂，市长与早川准二会面的话，一定会引起别人注意的。因此，应该有人在双方之间充当了传话的角色。

——想到这里，田代猛然开悟到，原来市长秘书有岛的存在出人意料地重要哩。

＃4

同一天傍晚。

田代正在日野警署北浦市市长被害案破案小组，警署一名警员神情略显紧张地走进来。

“警长，来了个出租车司机，说是有春田市长被害案件的线索要反映！”

“出租车司机？”田代的大脑中闪过一丝念头，“快点请他进来！他一个人吗？”

“不，还有个公司的什么业务主任跟着一道来的。”

两个人推开警署训练场——现在作为破案小组临时宿舍——的房门，怯生生地走了进来。业务主任是个上了点年纪的肥胖男子，司机是个二十五六岁的青年，身材消瘦，似乎有点神经质。

“你们来得正好。”

田代请两人坐在自己的办公桌前。

“听说是来反映有关案子的情况？”田代同时望着两个人的脸问道。司机仍显出一副惶恐的样子。

“这是我的名片。”递过来的名片上印着“月星出租车株式会社”字样，此人的职务是“池袋营业所业务主任”。

“我没带名片，我叫南部明。”司机自报家门。

“这位南部先生能提供一些让我们高兴的情况是吗？”田代尽量用轻松随意的语调说着，想松缓一下司机紧张的神经。

“是的，其实……”司机开了口，但似乎舌头不听使唤，难以自如地表达心里想说的话，刚挤出几个字又停住了。

业务主任接过了话头：“其实是这样的，警视厅为调查此次案件，要求各出租车公司协查有没有司机在日野市的案发现场附近接载过可疑的人物，他说他接送过一个很符合协查通知提到的客人。”

“噢？那为什么不早点告诉警方呢？”

“是这样，刚好在我们收到协查通知的前一天，他长野老家出事了，所以回去了一趟，是他母亲去世了，他因为葬礼以及善后等耽搁了点时间，请了一个星期的假，所以不知道协查通知的事。今天来上班后听别的司机说起才知道这事，就立刻向我报告了。”

“原来是这样。”田代转向司机，“你接载那个可疑客人是哪一天的事情？”

“嗯，是十一月十日。”

“你没有记错吗？”

“应该不会错，因为十日的工作日志上也记着有从日野到神田。”

“当时是几点钟？”

“晚上九点半左右。我送一位客人到高幡不动返回的途中，想着抄近道去甲州街道，就走了一条僻静的小路，恰好有个人在路边举手扬招，是个六十来岁的人。”

“是往东京都内方向去的吧？”

“是的，他说要去神田，我正好顺路，就立刻让他上车了。”

“那个人在车上和你说话了吗？”

“一路上都没有讲话，就像我刚才说的，就上车和下车的时候简单讲了几句。”

“嗯。他相貌是什么样子？”

“体格壮实，头发一多半都白了，脸上有很深的皱纹。对了，我记得他眼睛很大，鼻子也特别大。”

无疑，这个人正是早川准二。

田代赶忙拿出早川的照片让司机看。照片是破案小组确定对早川准二进行调查的时候从北浦警署调来的，并大量翻印，田代拿出来的只是其中的一张。

“就是这个人！”南部司机看了一眼立即肯定地说道，“没错，这就是那个客人的脸孔。”

“他在神田区什么地方下的车？”

“车子开到神保町的十字路口，他说到这里就认得了，于是就在那儿下了车。”

“那个客人随后往什么方向去了？”

“我因为马上又有新的客人用车，没有仔细看，我记得他好像是往小川町方向走去了。”

“从日野市到神田的话，开车要相当长时间吧……”

“哦，那天相对说路上还比较空，大概只开了一个半小时。”

“这一个半小时中，客人都没有主动跟你搭话吗？”

“一路上都没有。我从后视镜中看过他几眼，他都合着眼皮，也看不出来是在睡觉还是在想什么心事。”

“他当时穿着什么样的衣服？”

司机回答了田代的提问，果然和早川进京时穿的服装一模一样。

“我再确认一遍：你接载这个客人是十日晚上的九点半左右，对吗？”

“是的，只要查对一下出车日志就行了，肯定没错。”

田代稍稍有点困惑。因为春田市长的被害时间推定是晚上十点至十二点钟之间，九点半的话，比市长的推定死亡时间早了半个多小时。这是怎么回事呢？假如早川将市长的尸体埋在杂树林中后离开现场，那么出租车司机接载到他的时间应该更晚才对呀。

难道？

田代换了个角度重新思考。死亡推定时间不一定准确。尸体解剖固然可以科学地揭开死因，至于死亡时间则一半依赖于法医的经验直觉，时间上出现些许误差也是正常的。

根据常识，无论从扬招出租车的地点来讲，还是从日期时间上来讲，出租车司机遇到的正是早川，他在那片杂树林中将杀死的市长掩埋后离开现场，这一推论是可以成立的。不过当天，市长一直到晚上七点钟之前都和有岛秘书在一起，其后至九点半的这两个半小时中，将市长杀害并转移至日野的现场掩埋，这能否成立呢？田代在大脑中估量着从都市会馆至京王线高幡不动站的距离，虽说不是绝对不可能，但真的做起来时间上还是相当窘促的。

“好的，辛苦你了，非常感谢你给我们反映的这个情况。”

出租车司机和业务主任离去之后，田代迅速将刚才的对话记了下来。

田代向司机询问了许多问题，但关于客人裤子和鞋子是否沾有泥土这一点，司机似乎没有留意到。

不过，前后依然对得上。早川准二当晚住宿在神田的商务旅馆伯龙馆，那儿的服务员没有为客人清理鞋子，第二天早川来到女儿住的公寓时，鞋底确确实实沾着跟现场附近相同的红色泥土。

整件事情究竟是怎样的？进京之前，市长与早川在北浦市约好了到东京会面，日期定在十日晚上。不管怎样，两人会面的地点决不可能就在现场附近，可以想象，是早川将春田市长从会面地点转移到那儿去的。如此一来，杀害市长的凶手必是早川无疑。

究竟能不能断定早川就是杀害市长的凶犯呢？

# 物 证

## #1

青木和冈本两名警员乘坐傍晚十七点零六分从上野站发出的“山神53号”特快卧铺列车，先后换乘“初雁25号”和“蔟瑰号”，深夜一点三十七分，就已经驶过了函馆站。

从途中的长万部站起，铁路分岔变成两条线路，函馆本线沿日本海一侧前行，室兰本线则沿着太平洋一侧向前延伸。室兰本线经千岁线（事实上两条线路基本上可视为同一条线）至札幌，在那里同函馆本线会合。函馆本线正如路线名称所示，以函馆为起点，行经札幌并一直伸展至旭川，是一条拥有漫长里程的重要铁路干线。可是，如今乘坐室兰本线经由千岁线前往札幌却成为人们的首选路线，这或许反映出沿线的小樽等城市日渐没落的现实。

二人乘坐的“蔟瑰号”快车走的同样是室兰本线。北浦市就位于沿线，距离函馆大约四小时的车程。

列车紧贴着宛若向北深深凹进去似的内浦湾行驶了一段，随后往南折向突出的海岬而去，驶过海岬后又再度掉头北上，一直往北抵达海边尽头的地方，就是北浦市了。从地图上看，线路就好像画了一个大大的罗马字 V。

到底是北海道，沿线的景色磅礴壮丽，具有本州岛所没有的雄大气势。才十一月，北海道早已入冬了，虽然尚未堆起皑皑积雪，但晨昏荒寒，一些小的池沼已经结起了冰。海水的颜色也显得十分清澄，大概是附近很少有工厂、居民又少的缘故吧。这里几乎所有村落的生产方式都是半农半渔。

总算断断续续看见像样的街区了，街区的中心便是北浦车站。二人早已准备停当，只等列车进站了。

二人走下站台。

三个身穿西服的中年男子立在站台，看见青木和冈本下了列车，立即趋步上前："请问二位是东京警视厅来的青木先生和冈本先生吧？"

"是的。"

三人递上名片。一个是北海道警署侦察一科的警员，名叫平塚，还有两个是当地北浦警署的警员。

"不好意思，给你们添麻烦了。"

青木和冈本来到北浦警署，听取了调查到的关于早川的线索以及尸体解剖的情况，随后青木打电话至东京警视厅向田代报告。

这时候，三名警员的脸庞遽然变色，立即从外面回到警署。

"青木先生，不得了啦！"来自北海道警署的平塚警员喊道。

"啊，出什么事了？"

"刚才，我们去搜查了早川的家，"平塚说，"关于早川之死，我们考虑了过失致死和事故死——事故死又包括自杀和他杀两种情形，所以从多个方面进行调查行为侦破这个案子，为此，我们去搜查了早川的家。因为早川死前除了给家人的留言之外，没有留下过任何亲笔遗书，所以，嗯，也是想着能不能搜到些什么东西，结果……”说到这里，平塚的脸上似乎露出一丝喜悦之情，“结果啊，在早川一直使用的那间六蓆大的起居室的角落里，揭开榻榻米，发现了一只茶色的牛皮纸袋子。”

“牛皮纸袋子？”

“我们想看看里面究竟是什么，拆开袋子，里面居然是一条用过的皱皱巴巴的领带和一只名片夹。”

“什么？！”青木和冈本同时脱口叫出来，“是春田市长的东西吗？”

“我们马上把领带拿给市长夫人看了，确认就是春田市长的，夫人说，市长进京的时候，系的的确是这条领带。还有一只名片夹，里面装着十几张市长的名片，不用问，可以确定就是市长的。”

“藏匿在榻榻米的下面？”

“没错。那只茶色袋子很不起眼，就是个普普通通的牛皮纸袋子，上面没有字，也不是印刷的袋子。”两名警员轻声地说。

早川准二在东京的行动充满了无法解释的诡异，因此，警视厅破案小组的田代警长打算派人前来北浦，找到早川当面问询了解情况，孰料就在这个当口儿他却突然死了。此事已经令警方受到震动，想不到，如今又在早川家里发现了被隐匿的杀害市长的物证。

“现在总算清楚了，就是早川杀死了市长。”一名北浦警署的警员说道，“市长先生的尸体被发现时，脖颈上有索状勒痕，根据鉴定，那是领带勒出来的印子对吧？”

“没错。”冈本回答。

“我们发现的这条领带也是又歪又皱的，感觉刚好就是用来勒紧人的脖颈后形成的。”

“还有，丢失物品中有一只名片夹和鳄鱼皮的钱夹对吧？”另一名警员接着问。

这也没错。

两名来自东京的警员仿佛做了场噩梦似的。

“钱夹我们没有发现，估计可能藏匿在别处，或者半路上丢弃了。不管怎么说，要藏的话榻榻米下面也只能藏匿领带和名片夹之类，要是再藏进去别的东西，榻榻米就会鼓起来。”

“难道早川会……”

冈本只说了半句，其余的话堵在喉咙口说不出来了。

“就是呀，哎呀，我们也很吃惊哪。说到早川准二这个人，还是个老资格的革新派斗士呢，就人品来讲，市民对他非常熟悉，他是个正直的人，所以才有那么多人拥护他。平常因为市政问题在议会上老是跟市长针锋相对，可谁也料想不到居然对立到杀人的地步。”

说这话的警员是个面色黝黑、个头矮小却拥有一副渔民般强壮的身板的人，年纪约莫四十岁。

“你刚才说的，有一点我不太明白，”青木接过话头说，“好像早川没留下遗书，但是死前对家里人讲过什么话？”

“哦，那个呀，”脸孔稍白的警员解释说，“那个吧是这么回事：我们调查早川准二家里人——现在应该称呼遗属了——的时候，他夫人向我们反映，那天晚上，丈夫给家里打电话……”

“对不起，那是几点钟？”

“她说是八点多的时候。”

“噢，也就是和议员们聚餐结束以后？”

“是的。早川跟家里说，他要去海边，今天晚上有可能不回家，让家里不要担心。”

“去海边？”

“可能就是去发现他尸体的海岸边吧。但实际上早川心里也没有把握吧，吃不准在那里是不是能自杀成，即使有心自杀，真的到了海边，势必也会迟疑不决或者畏缩不想死了，也许会拖拖拉拉很长时间，所以他怕家里人看到他迟迟不回家出来找他，那样就死不成了，就叮嘱说可能会住在外边。看来，这一切他都经过了细致的考虑呢。”

“也就是说，根据我们的推论，”北海道警署的那名警员接着说道，“到东京公出的春田市长被同时进京的早川约到某个地方杀害了，但是，也许是受到良心的自责，也许是知道已经被警视厅追逼到了绝境，明白自己不可能逃脱了，于是就自杀了。”

“噢。”

青木立刻向东京的破案小组打电话报告情况。

是田代警长接的电话。

“是警长吗？”青木说，“不得了了！”

“发生了什么事情？”听筒中传来田代的声音。

“发现了早川杀害春田市长的证据！”

“你说什么？”

田代的声音突然断了。突如其来的消息令他惊愕万分，以至顾不上接话了。

“喂喂，能听见吗？”

“听得见啊，你快点说吧。”

“在早川家里发现了春田市长的领带和名片夹！正是尸体上丢失的物品。是这边的警署搜查早川家的时候发现的，用茶色牛皮纸袋子装着，藏匿在起居室屋角的榻榻米下面。没有发现钱夹。领带好像使劲拉抻过一样，拧皱成一团。”

“发现了重要物证哪。”田代的唏嘘声传进青木的耳朵，“其他详细情况还没出来吧？”

“详细报告要稍后才能出来。”

“那好吧，详细报告一出来马上告诉我，我下午三点之前都在这里不离开。”

“明白了。”说完青木挂断了电话。

大概是通话的时候出去取来的，此刻那名面色黝黑、名叫石山的警员，手里小心地拿着两只纸袋子，正等在一旁。

“这是我们发现的物证，”他指着那只厚的纸袋说，“这是发现时候的现场照片。”

先打开的是装有物证的袋子。袋子里面还有一只茶色袋子，是只薄薄的牛皮纸袋，里面的东西依稀可辨。

“装订钉是我们拆掉的。”

警员套上手套，将一枚白色手帕摊开在桌子上，然后缓缓地打开纸袋，从里面拉出一条领带，质地是博多丝绸的，上面有茶色斜线条纹。果然，领带拧皱得相当厉害，一看便知道被使劲扭抻过。青木和冈本情不自禁地想起春田市长尸体解剖的结论：“凶器似为柔软的布条，例如领带之类……”

“这是名片夹。”

这是一只鳄鱼皮制的名片夹。警员戴着手套打开名片夹，瞥眼瞄过去，可以看到名片上斜着印有“北浦市市长 春田英雄”几个字。

“可以了吗？”当地警员请来自东京的警员确认。

“好，可以了。”青木和冈本不约而同地翻开笔记本做着记录。

“再来看看照片。”

另一名年轻警员递交过来另一只纸袋，并将刚才观看的物证郑重地装进先前那只纸袋里。

肤色白皙的北海道警署的警员，则像是监督似的，始终站在一旁看。

"这是刚刚拍的照片。"

刚刚拍摄的照片摆在面前，看来为了让东京来的侦查警员尽快看到照片，他们赶时间洗印出来的。

照片一共有十多张。首先是早川家起居室的全景照，一间六蓆大的屋子，屋内十分简朴，与他革新派议员的身份非常贴合。

接下来是榻榻米被揭开的照片，这是发现物证之后恢复原状再拍摄的。照片中，纸袋子斜放在榻榻米下的木地板上，地板上铺着旧报纸用来防潮。

再接下来是纸袋的照片。

最后，是装在纸袋中的领带和名片夹的照片，从各个角度拍摄了多张。由于已经看到实物，这些照片现在已经没多大意义了。

"说老实话，我们也觉得非常意外哪。"沉默了一阵的北海道警署警员此时开口说道，"这下子可以清楚地知道，早川是自杀的，既不是不小心掉进海里淹死的，也不是被人杀死的。"

冈本和青木二人默不作声。毕竟，杀害市长的物证是在早川家里发现的，二人找不出反驳的理由。非但如此，此时他们的大脑中已经一片空白。

"呃……"面色黝黑的石山警员小声咕哝道，"现在领你们去看看早川自杀的现场吧？"

"请稍等一下！"青木转眼向旁边看去，"这儿有张北浦市的大地图，"墙上贴着一张市政区划地图，"我想借着地图把这里的地形，先在脑子里大致形成个概念。春田市长的家在什么地方？"

于是，稍年轻的那名警员像个小学教员似的，拿一根细棒在地图上指点着："在这儿。"

那里是北浦银座街的中央。

“春田市长家里现在是酿酒工厂，原先是间很大的和服店。最早的时候，这一带蛮荒僻的，随着北浦市的发展，这一带如今变得非常热闹了。”这名警员自豪地夸耀着自己家乡的发展。

“早川家在哪里？”

“在这里。”

细棒随即移动起来。细棒停住的地方，在地图的西边。

“距离不近哪。”

“是啊，这一带接近市郊了，从车站过去步行要走十二三分钟。”

“噢。还有，有岛秘书的家呢？”

“有岛的家……在这里。”

细棒往市长家的反方向移动，在北浦银座街对面一个地方停住了。这儿距离市长家很近。

“议长家在什么地方？”青木接着问道。在东京照过面的几名议员的脸孔一一浮现，至今仍牢牢印刻在脑海里。

“议长家在这儿。”

是个距离车站不远、位于线路沿线的地方。

“噢。那远山议员的家呢？”

“这里。”

细棒一刻也不踌躇再次移动，远山议员的家位于市区东边。北浦市中心有条东西走向的主干道，可以一直通往札幌，远山议员的家就在这条道路的旁边。

“我知道了……哦，对了，市长弟弟的家地图上也有吧？”

“在那儿，北浦银座街的正中央。”

细棒准确无误地指向了那条繁华街的正中央。

#2

知道了几个人的家的方位，两名警员同时也将北浦市的整体地形大致印在了脑子里。地图的下方，是一片大海，大海深深弯入陆地，形成一个港湾。

“这儿就是那片争议的港湾吧？”

“是的，这里就是市长先生热心推动的港湾扩建计划的所在地……以前，靠着捕捞沙丁鱼这里繁盛得很哩，连本州岛的渔船都频繁进出港湾，比现在的室兰还要热闹许多哪。”有着一张黝黑脸膛的石山警员解释说。

“所以，假如疏浚一下，把下面挖得再深一点的话，肯定能建成一个比现在热闹繁华得多的港湾。”年轻警员接口道，他手里那根细棒总算放了下来。

“那么，我们差不多就过去吧！”石山催促道。

“那，就拜托你领两位去转转喽？”来自北海道警署的那位警员似乎有点嫌麻烦。

“好啊！”石山转身对年轻警员说，“哎，帮我领一张出车单好吗？”

三名警员乘坐老旧的皇冠轿车出发了。

青木和冈本透过车窗看着外面的街景，可是不过五分钟，两侧的街景就转成了广漠的荒野和断断续续的池沼。

车子向稍嫌寒碜的港湾附近走了个大迂回。绕这个大弯的目的，无非是让东京来的警员见识一下北浦市的港湾全貌。

车子全速朝西疾驶。道路越来越险陋，但景色却正好与之相反，越来越壮观。很快，港汊和断崖组成的海岸线便交错着展现在眼前。

“太漂亮啦！”

冈本忍不住说道。这不是客套话，而是由衷的赞叹。

“是啊，初来乍到这儿的人都这么说哪。”坐在副驾驶席的石山回过头来说。

“这一带下面是浅滩吗？”青木一边观赏着风景一边问。

“不，底下深得很哪。你看，前面有一道长长的突出在海里的防波堤对吧，堤坡外侧的水深有十到十五米。距离海岸五米的地方，就有七八米深了。所以啊，这一带不适合海水浴，经常发生小孩子溺水死亡的事情……所以就像春田市长说的，把这儿稍稍疏浚一下，就能建成一个优良的海港。”

随着车子向前行驶，两旁景色也在不断变化。绕过弯入城市的港湾之后，前方便是平坦的海岸。一路向东行驶的话，最终将直通至北边的日高山脉脚下，然而北浦市这一带从地形上来讲，应该称为湿原更加准确。大海泛着翠绿的波，毕竟是北方的海，岸边的波涛气势汹涌。

五六分钟后，海岸由砂石变成了岩礁。

脸膛黝黑的石山警员让车停下，请两人在此下车。

下得车来，四面景色直接扑入眼帘，比车中见到的更加壮观。

“这地方真美啊！”

两名来自东京的警员情不自禁地感叹道。

石山登上礁石，朝海边走去。礁石被海水浸蚀，到处都是隙罅，海水冒着白色泡沫，宛如溪涧在隙罅间涌进泻出。稍大一些的礁穴中还有螃蟹和凿船虫爬出。青木和冈本两人很久没在这样的地方散步了。强烈的海水气息钻入鼻孔，令咽喉稍稍有点感觉不适。

“早川可能就是从这一带跳下海的吧。”

岩石突出的尖端在距离海面大约两米的半空形成了陡直的断崖，蜿蜒伸展约有一公里。

石山用手指着海面继续说道："看到那边有一艘渔船了吧，从这儿过去大概二十米的海面上，早川的尸体差不多就是在那个位置被发现的，浮在海面上，随海水漂荡着。"

青木和冈本凝目眺望着那里。渔船引擎发出徐缓的声响，慢慢向前移动。

"尸体是渔船发现和打捞起来的吗？"

"是的。假如在海水中泡上几天，海潮一起，尸体就被冲走了。"

三人在一块礁石上坐下来，岩礁表面平整，恰如一张长凳。青木和冈本自从下了列车就投入一连串紧张忙碌的工作，在这片令人陶醉的美丽景色中，正好稍事歇息。

# 3

"这一带池沼好多啊。"冈本想起走到海岸的一路上的情景不由得赞叹道。

三人口中，都冒出一缕淡淡的白色烟气，随即被拂来的海风带走。

"北海道这个地方，总的来说属于湿地，所以有很多的地名也是源自河流或者沼泽，根据阿伊努语的发音再用相近的日语假名表示出来，这是根据金田一京助先生多年的研究，人们才开始得知其本来含义的。"

从一个长着渔夫一般黝黑脸膛的男子嘴巴里，突如其来地冒出一个著名语言学者的名字，青木和冈本不由得怪讶地望着他的脸。

石山并没有在意，他继续说道："比方说，'札幌'是从阿伊努语[1]中表示'干涸宽阔的河'的'札幌别'这个词来的，'稚内'是从表示'水冰冷的沼泽'的'薯稚内'这个词来的，'十胜'是从表示'沼泽周围枯涸的地方'的'十仆胜'这个词来的，'网走'在阿伊努语中是'我们发现的土地'的意思，还有一个意思是'漏泄的地方'……"

"石山先生，想不到你对这方面颇有研究啊。"青木说。

"哎呀,不好意思。"石山难为情起来,"因为我对乡土历史有一点兴趣，所以不知不觉就跟你们聊起这些来，让你们觉得没劲了吧？"

"哎，这是个高雅的爱好哪。"

青木和冈本脸上露出笑容，可是心里却在暗自着急，他们只想着尽快解开案件的谜底。

看到二人心神不宁抽着烟的样子，石山警员似乎有点不安，他站起来对二人说道："恕我刚才的话开无轨电车了……要不，接下来我领你们去市长家里看看吧，跟市长夫人见一面也许对调查会有帮助的。"

这正是东京来的两名警员巴不得的事情。

"那就拜托啦！"

车子又折回市区。靠近繁华北浦银座街的尽头，有一间门面很宽绰的酒铺。屋檐下悬着一块透着木纹的店招，上面刻有"名酒 北之寿"几个字，嵌金装饰。除去铺面还能看见长长的一溜屋脊，看来铺子后面就是酒窖。

铺子内的样式也显示出老字号做派，许多酒桶和酒瓶子就堆放在店堂。店堂颇为轩敞，地面没有铺木地板，尽头是柜台，柜台后面也叠放

---

1　阿伊努语：阿伊努民族的语言，语系不明。阿伊努人是曾经居住在北海道岛、本州岛北部和千岛列岛、库页岛南半部的土著民族，现有人口数万，大部分居住于日本国内。——译者注

着酒桶。店堂通往后屋的过道口低垂着布帘。

三人走进店堂时，两名店员正无所事事地闲坐着，看见石山店员立刻“腾”地从椅子上立起身。

“夫人在吗？”石山警员被阳光晒得黝黑的脸上现出白晶晶的牙齿，微笑着问。

“啊，在的在的。”

店员的神情似乎有点阴沉。也难怪，主人意外之死，让店伙计也变得心情抑郁了。

三人在待客的椅子上落座，等候夫人出来相见。

不一会儿，通往后面的藏青色布帘挑起，一个三十岁上下、窈窕丰满的女人，脸上挂着笑容走了出来。

从东京来的警员的第一印象是，夫人竟如此年轻。只见夫人一张圆脸，容貌虽算不上出类拔萃的漂亮，却是男人喜欢的那种类型，加上可能知道了她过去的经历，更感觉似乎风韵殊致。不消说，待人接物尤为得体。

“欢迎光临！”她的目光在三人脸上同时梭巡着，果不其然是个在招徕客人方面很有经验的女人，“石山先生，一直给您添麻烦了。”前市长夫人最后笑吟吟地望着本地警员说道。

“哪里哪里……”石山的表情显得略微有点拘谨，“我来介绍一下，这位是东京警视厅来的青木先生，这位是冈本先生。”他替身旁一左一右两名警员作了介绍。

“请多关照！”

两名警员从椅子上起身，掏出名片递了过去。

# 4

“此次您丈夫遭遇意外不幸，实在是令人悲痛，我们不知该说什么来慰藉您……”冈本作为早两年的先辈，代表东京警视厅向市长夫人表示哀悼。

“谢谢你们！”夫人跪坐着双手触地叙礼。她浑圆的双肩与和服十分合宜，“这次出事，也给警视厅添了不少麻烦，真过意不去。”

记得听说夫人今年芳龄三十一，但可能是由于肤色白皙以及化妆得巧妙的缘故，看上去只有二十五六岁。衣着华丽，而且颇具品位，就这样走在东京的银座一带，肯定也能吸引往来男人的注目。

“关于市长先生遭遇不幸，想问问夫人有没有线索？”

这样的问话一定已经被当地警察不知问过多少遍了，但是作为警视厅的办案人员，冈本不得不提出同样的问题。

“是啊，这边的警察……”夫人瞥了脸膛黝黑的石山一眼，“也问过很多次了，我一点线索也没有啊。”

“市长先生与早川准二的关系怎么样？”

“哦，早川先生呀，我先生也对他过往的经历和斗志充满敬意哪，尽管政见不同，但我先生总是称赞早川先生是个了不起的人物呢。”

夫人还不知道，从早川家里已经找到了杀害市长的证据。

“请恕我冒昧地问一个问题：市长先生在东京有什么熟人吗？”

“真对不起，我先生在东京一个熟人也没有。”

“那就是说，市长先生在东京没有可以落脚的熟人家了？”

“是的，我想是没有。至少我先生从没有跟我提起过。”

“原来担任市长秘书的有岛君，最近还常常来这儿吗？”

“是的，我先生在世的时候，他作为秘书经常为公务上的事情到我家来，先生故世之后也来过两三次，来帮我处理我先生的善后事宜。”夫人平静地答道。

两名东京的警员问了这一堆问题，便从市长家告辞。市长被害之时，当地的警察想必也了解过一些必要的情况，事实上这些材料都已整理成报告书，呈送到警视厅的刑侦一科来了。

“夫人很有魅力啊！”回到车上，冈本忍不住对石山感慨道。

“是啊，她之前的经历那真是一点也不含糊啊。待人接物，尤其是应对男人，她很懂得发挥自己的魅力哪。”

对石山的观察冈本也有同感：“市长不在了，两人又没有孩子，家里还有什么人一起住吗？”他接着问道。

“只有夫人和一位早年就在她家干活的四十来岁的用人。”

“噢，那可是不太安全啊。”

青木在一旁情不自禁说出的这句话有两层含义，不用说，另一层含义是指这位市长遗孀的年轻和美貌。

“这里的人都说，市长为了他的夫人可是相当地费心哪！”石山警员笑着说。

“我说得没错吧……哎，接下来去哪里？”

“去早川准二的家里看看吧。”

早川准二家，就像先前在地图上看到的，距离这里五六分钟车程。位置处于北浦市市区的边缘地带，那里有一个居民仅二十来户的村落，早川家又在村落尽头，虽然住的不是农舍，但房屋非常破旧，确实像个革新派议员的住所。

三人下车后，站立在门口，等候里面的人出来迎接。不一会儿，昏暗中走出一个五十多岁的瘦削妇人，颧骨突出，脖颈长长的。她就是早川准二的妻子。

冈本曾在东京府中市某住宅小区访问过早川的女儿，见到这位母亲，发觉女儿的容貌与她颇为相像。

石山警员仍像之前一样，将东京来的两位警员作了介绍。早川的妻子默默地点头致意。看来这次事件令她很受打击，面容愈加显得憔悴，眼睛似乎还有点发炎，显得红肿，眼神也迷迷蒙蒙的。在刚刚见到春田市长遗孀的三人眼中，二人简直判若云泥。

当地警员无疑也已问过她各种问题，青木和冈本轮番询问了市长与早川准二的关系，这位遗孀也反复强调，除了政见不同之外，二人之间并不存在个人恩怨。

“说我丈夫杀害了市长先生什么的，无论如何我也不相信。从榻榻米下面找出市长先生的领带和名片夹的时候，我差点都惊呆了，我丈夫什么时候把那种东西藏到那下面的，我从来没有察觉到啊！”

青木在屋子里扫视了一圈，室内的装饰和陈设都很陈旧，让人不敢相信是一个市议会议员的家。

“您孩子呢？”

“唉，你们也都知道了，我大女儿嫁到东京去了，下面还有一个妹妹和弟弟……妹妹二十一岁，在市区一家商店做职员；弟弟十七岁，现在在札幌的私立高中读书，一直寄宿在学校。”

“这么说，您家里现在就两个人住，是吗？”

“是的。”

“听说您先生那天晚上打电话回来说要去海边，是不是这样？”

“是的，是这样的。他说他要去海边，晚上可能不回家，叫我不要担心。”

“您没有问他，为什么去海边吗？”

“我没有问。我丈夫自从港湾扩建计划提出来之后，常常跑去海边考察现场，所以我想准是因为这件事情去的。”

“可是天黑了还去海边考察，您当时没觉得奇怪吗？”冈本问道。

“以前也有过这种情况。我丈夫白天忙于市议会的工作和应酬，经常傍晚以后才去海边的。因为只察看地形，晚上也是没问题的，而且他是这里土生土长的，对这儿的地形非常熟悉。”

“他说晚上可能不回家了，您当时是怎么想的？”

“现在想起来我真后悔，为什么当时没问一声呢？当时我只是想，我丈夫经常去札幌一带办事，肯定是到海边去考察之后直接去札幌了，我太自以为是了。”

“他去札幌是办什么事情？”

“他原来是经常去道厅，后来担任了港湾建设委员之后，还经常去拜会北海道建设厅的官员，因为市长先生提出港湾扩建的计划，打那以后，我丈夫就开始刻苦学习这方面的知识……”

三名警员离开了早川准二的家。

“接下来还去哪里看看？”石山警员问。

“是啊……作为参考，还想去福岛议长、远山议员和有岛秘书的家去看一眼，不过，车子只要从门前经过就可以了。”青木警员提出了要求。

# 市长夫人

## #1

青木、冈本两名警员从北海道出差回到了东京。抵达车站时是上午的九点半，二人随即直接来到破案小组。

田代警长已经上班了，二人当即向他汇报情况。

“辛苦了！”两个人的面容都有些憔悴，“这就听你们的报告吧。”

青木警员从公文包中取出一张北浦市地图展开在桌上，冈本将自己拍摄的十几张照片摊在上面。

“我把相关人员的家的位置做了标记，”青木指着地图上红色铅笔画着圆圈的地方说道，“这儿是春田市长的家，是家酿酒厂，这附近一带是北浦市的繁华闹市，市长弟弟经营的杂货铺也在这条街上。”青木的手在地图上快速移动，“这儿是早川准二的家，这是福岛议长的家，这个是市长弟弟雄次的家，这里就是那位秘书有岛的家。”

田代警长看着地图心想，原来这座城市这么小啊。北浦市的设立是合并了附近几个村镇而成的，但真正具备城市街区模样的，只有以车站为中心的很小一片区域。城市南部是海，港湾仿佛侵入城市一般，深深嵌进倒Y形市街的缺口，一条河流从缺口处注入港湾。城市北部是湿地，并形成若干条涓涓支流，最后汇聚入海。

“引发争论的港湾就是这儿吧？市长的扩建计划遭到早川等议员强烈反对的……”

“这就是港湾的实景。”冈本警员指着摄入港湾风景的照片说。

田代拿起照片端详着：“就这个规模，大型船舶是无法进出的，作为一个港湾城市恐怕很难大有发展哪。”

“是呀，当地警员带我们去实地看过，听说以前靠着捕捞沙丁鱼曾经繁荣一时，战后因为有纸浆业也昌隆过一段时期，但现在已经萧条得面目全非了。”

“港湾内水很深吗？”

“好像浅得很哩。周围湿地的河流夹带了很多泥沙排入港湾，港湾逐年淤积，海底变得越来越浅了，所以被杀害的春田市长主张将这一带进行疏浚，然后对港湾加以整治，进一步扩大规模。”

田代将照片和地图对照着端详：“这一带池沼很多，地层基础绝对不会很坚固……对了，早川准二落水的地点是哪里？”

“啊，就是这里。”青木在海中某个地方用红笔画了个叉，“这儿跟港湾内正好相反，距离海边岩礁大约五米海水就已经相当深了。所以，早川从这一带的断崖上跳进海里，然后漂浮到尸体被发现的地方也是非常正常的。考虑到洋流的方向，再漂浮一阵子的话，尸体恐怕就要被洋流冲到青森县外的洋面上去了。”

“这一带的地形你们详细了解过了吧？”

“领着我们前去各处转的北浦警署的老警员是个很有意思的人，我们在海岸休息了一会儿，他给我们讲了些乡土历史知识哩。”

“乡土历史知识？”

“其实，他业余还自己研究乡土历史呢，关于来源于阿伊努语的地名啦，等等，聊了好多，那一带的地名几乎都跟阿伊努语有关哪。”

“哦，是说这一带吧？”

“哎，警长知道的？”

“我也知道得不是很详细，只知道北海道开发是进入明治时代才开始的，地名都是用日语对应当地原有的阿伊努名字来表示的……嗯，这些事情都无所谓啦。”田代语气一转，“从早川准二家里发现了春田市长的领带和名片夹，所以可以清楚地知道，杀害市长的凶犯就是早川准二了对吧？早川杀死市长后，出于自责而跳海自杀对吧？当地警方怎么说的？”

“正像警长所说的那样。不过还是有一个疑问，就是早川为什么非要杀害市长呢？”

“当地警方是怎么推定的？”

“当地警方认为，早川准二对春田市长怀有强烈的敌意，趁市长一行进京为港湾扩建项目进行陈情活动之际，紧随其后也悄悄来到东京，找到机会接近春田市长，再花言巧语将他骗了出去。”

“等等！”田代止住了青木，“这么说，就是市长和有岛在都市会馆门前分手的时候？也就是十日晚上的七点钟左右。”

“这个嘛，”青木说道，“早川也不一定就是在这个时候和市长接近的，因为有岛秘书这个电灯泡在，早川如果想把市长约出去，就一定会考虑这个因素。事实上，有岛秘书也证实了，市长先生是目不斜视直接走向都市会馆玄关的。”

“嗯，那么还会怎么样呢？”

“北海道警署侦察组的看法是，跟市长前脚进京的早川通过某种方法事先已经暗中和市长联系好了，约好在某个地点两人单独会面，市长骗过秘书有岛之后，再前往约会地点。”

“这也有一定的道理。然后，两人在谈话过程中，早川忽然情绪冲动把市长杀害了，是吗？”

“到底是因情绪冲动杀人，还是事先计划好的，这一点还无法明确断定。但不管怎么样，从早川家里发现了尸体上丢失的东西，就是遇害市长的领带和名片夹，所以不能不让人得出早川是杀人凶手的结论，尤其是领带上还留有勒紧市长脖颈的绞痕。”

田代思索了一阵继续问：“早川给家里打电话时说的，确实是要去海边吗？”

“是的，没错。”

田代凝视着那张摄有早川尸体浮现的海面的照片。

# 2

去海边——

从季节来说，眼下不适合去海边散心。十一月中旬，北海道已经进入冬季了，更何况晚上八点多钟，海边一定冷得够呛。无论怎么猜度，似乎早川都只可能是自杀身亡的。给家人留话说晚上不回家，不用替他担心，也正如当地警方推测的那样，是不想让警方很快就出动人员搜索自己。

可是，早川准二对春田市长真的怀有必欲杀之而快的深仇大恨吗？政党立场固然不同，政见也针锋相对，但却无法想象，仅仅如此就会演变为私人间的仇杀犯罪。如果事出有因，那么原因必定在其他方面。

就这个疑问，冈本开口说道：“哦，其实这一点，也是我们最存有疑念的地方，所以进行了仔细的调查……然而，从表面来看，找不到市长和早川之间存在个人恩怨的证据。不管怎么说，那是个小地方，假如有这种事情的话，很快就会传开的。”

“两人之间也没有任何私人交往吗？”

“好像没有，可能是因为党派不同，政见也不一致的原因吧。”

“不过也不能完全这样说吧，保守派和革新派，任何地方都存在的，但是，很多议员即便彼此分属不同的党派，个人私交还是很亲密的呀。”

“可只要看看北浦这个地方就知道了，警长您举的例子只是那些相对比较开通的地方，也就是城市化了的地方。但是，北浦市那种地方，党派对立是很容易转化为个人情感对立的。”

“其他议员也都那样吗？”

“呃，差不多也都那样。像早川准二这样的人也许跟普通人不太一样吧。”

“怎么样，你们……”田代看着青木和冈本，“都认为早川是因为党派和政见不同而杀害了市长吗？”

如果排除掉个人原因，必然只剩下这个假设。

冈本鼓足勇气答道：“这算不算得上决定性的因素我没有把握，不过我们去实地探访后掌握到的确切情况是，早川准二这个人性格很偏执，作为革新派一员，他拥有四十年的斗争经历，但据说一直以来几乎都是孤军奋战的。所以，早川在当地人的眼睛里，就是一个死咬住市政当局不放的人。事实上，据说他年轻时就是个到处惹事生非的人物。”

“就是说，他性格中至今还留有这种因子？”

“虽说上了年纪，但性格还是没有什么改变。所以，和性格温和的小市民做派的春田市长正好形成对照，市长和早川之间没有私人交往，根本原因就在于早川那种孤僻固执的性格。早川不光跟市长没有私交，跟福岛议长、远山建设委员等人也几乎毫无私人交往。他那种人，骨子里就是个旧式劳工运动斗士型的人。”

“顽固、直来直去、死心眼。明白了，关于这一点暂时就说到这儿吧，再说说别的。”

“我们乘车在市内转了一圈，先是见了市长夫人——这个人警长也知道的，以前在札幌当过酒吧老板娘，所以待人接物很精到，在那种小地方绝对是难得一见的精明能干的女强人。”

“长得漂亮吗？”田代为了缓和一下部下的情绪，故意打趣道。

“是啊，虽然不是出类拔萃的美女，但皮肤白皙，神态和蔼可亲，嗯，是那种男人都喜欢的类型。”

“是吗？春田市长辛辛苦苦地跑去札幌那么老远的地方才把她弄到手，也算物有所值啊。”

“札幌说是那么老远，地图上看也确实有点距离，其实，从北浦市乘坐普通列车去，一小时就到了。”

“那么快就能到？这么说来，当地的人不是轻轻松松就能去札幌玩了吗？”

“就是呀，购物什么的啦，全都往札幌跑，所以说当地的商业街牢骚不断哩。”

“市长夫人是不是也常去札幌？”

“以前在札幌经营过酒吧，朋友还都在札幌，所以据说也是经常去，特别是市长进京不在家的时候经常去的。”

“等等！这么说，这次市长进京后，夫人也去过札幌了？”

“是的。据说疑点较重的十日那天她去过札幌。”

这是北海道警署在北浦警署调查到的情况。据调查，市长夫人十日晚上十点多才回到家。她是到在札幌经营酒吧时结识的女性好友家去玩的。不用说，这一晚恰好是她丈夫春田市长在东京从下榻的会馆失踪，并最终被杀害的日子。

“她在札幌的那个朋友调查清楚了吗？”

“是的，我这里有记录。”青木开始翻读笔记本，“札幌市中央区西十四丁目 赤井春子。”

“好。这个人也是酒吧的老板娘吧？”

“是的，据说她在薄野经营了一家酒吧，名字叫‘喜马拉雅’。她们两人是十几年的朋友了。”

“夫人的时间证据有吗？”

“这个当地警方已经从赤井春子那里获得了证明，还有当晚酒吧里的客人也提供了证言。”

“市长夫人对早川准二是怎么看的？”

“那是赞誉有加，说他为人很正派。当然，我们去拜访夫人的时候，她还不知道从早川家发现了领带和名片夹这些证据。”

“那么，证据发现之后还没有问过夫人的看法对吧？”

“没有问过，不过从市长夫人的态度来看，就是知道了她的看法也不会改变。总之，她是位滴水不漏的精明夫人。”

“那么去拜访的是她家，也就是酿酒厂是吗？”

“是啊，就在店堂里见的面，她住的地方在店堂后面另一栋房子里，中间隔着院子。”

“换句话说，她丈夫忙于市长公务，夫人独自一人打理着生意？”

“听说是这样的。不过，市长的弟弟——就是来过东京的那个雄次——就住在附近，所以市长不时托他帮忙进进货什么的。”

“哦，他不忙吗？”

“他经营的是个杂货铺子，没必要老是守在店里，再说住得又近，所以他也很爽快就过去帮帮忙。”

“酒铺里真的那么忙吗？”

“他家的‘北之寿’在当地是家喻户晓的名酒，所以酿造量肯定很大。尽管只是二级酒，但相对来说口味醇正，价格也便宜，不光是北海道，听说还远销到本州地区呢。”

说到酿酒，跟市长离了婚的前妻家里也是酿酒的，她的下落至今无人知晓。一瞬间，田代眼神迷离，仿佛在瞻眺远方似的。

## # 3

“哦，其他几个人的家你们也都去看过了吧？”田代回过神来，继续问道。

“是的，坐在车子上走马观花地看了一圈。最气派的还是福岛议长的家，这个人原来是当地的渔把头，所以家里很有钱。远山建设委员是当地的土建商人，家门口还挂着‘某某组’的招牌；还有，那个市长秘书有岛家……”

“哦？”

“就在刚才照片上看到的北浦银座街隔壁一条街上，也就是说，离市长家就是眼睛跟鼻子的距离。据说他现在已经调离市长秘书岗位，转到市议会秘书处任职了，但是即使是现在，他也仍旧常去市长家，替市长遗孀办事。”

“这个人精明得很哪！”田代口中咕哝道，心里却总有一团迷蒙不散的烟雾，“有岛如今还去市长遗孀家，是因为他曾做过市长秘书的关系？”

“听说就是因为这层关系，”看来田代心里暗自思忖的问题，青木和冈本两名警员也怀有同样的疑念，“关于这一点我们也想再进一步调查，所以回来前已经拜托当地警方了。本来是想直接跟有岛接触一下的，但碍于当地警方的面子，而且警长关照过我们先不去碰他，所以才忍住了。”

“这样很好。这次只是让你们去调查早川议员突然死亡的情况，不过碰巧就碰上了从早川家里发现杀害市长的物证这样的重要事件。”

“是的……我感觉早川之死很可能就是自杀。为什么这样说？因为他从东京回去之后就变得极度神经质，症状就是因为什么事情而苦恼和抑郁。还有，早川在东京期间的行踪也很反常，比如，明明说好在女儿女婿家再住一晚的，第二天起却在东京都内和横滨市内的旅馆和商务旅馆辗转投宿，所以不被认为神经失常才怪呢！导致神经失常的原因，可以认为，就是杀害市长之后所产生的负罪感。”

“北海道警方也是同样的看法吗？”

“大致也是这样认为的，但眼下暂时还比较慎重。不过，那边好像已经认定早川就是杀人凶手……”

“是吗？”田代用拳头按着太阳穴说道，“市长夫人没说市长在东京有什么熟人吗？”

“啊，问过她了，回答说一点印象也没有。”

田代闭目思索着。

他在整理与市长被害案件相关的人物十日晚上的行踪——

首先，进京一行中，远山建设委员等几名议员在市长返回都市会馆之后，继续在银座喝酒，所以他们没有任何嫌疑。

有岛秘书呢？

有岛在都市会馆门前让市长下了车，目送市长的背影走向会馆玄关，随即返回银座，回到远山建设委员等人中间就席。从时间上来看，他的说辞可以信任。然后，有岛跟议员们一同回到都市会馆就寝（有会馆方面的证言），所以如果说他跟之后发生的市长被害有直接关联是说不通的。

进京一行暂且可以排除，那么与此同时，身在北浦市的相关人物又是什么情形呢?

田代警长问起，青木和冈本立即翻开笔记本子。

“市长夫人的情况就是刚才说的那样。”青木答道，“这是从北海道警署的问询记录中摘录的，如果说得更加详细点就是这样，”青木开始照读记录，“十日下午四点钟左右从家里出门到札幌，因为我先生去了东京不在家，有一部我想看的电影正好在上映，所以就去札幌看电影去了，电影院是薄野的某某剧场。八点左右从剧场出来，然后就去我经常去的‘喜马拉雅’酒吧，跟朋友也就是那儿的老板娘一边聊天一边喝酒，大约聊了一个钟头。回到家里是十点多……市长夫人是这么说的。”

“刚才说到有旁证的对吧？”

“电影院那段时间因为没有目击证人所以是真是假不清楚，这里有大约三小时的空白。她到酒吧是八点钟左右，刚才也提到了，酒吧的老板娘赤井春子和当时在场的客人提供了证言。”

“夫人是当天晚上回到北浦市的吗？”

“是的，这一点有酒铺的店员做证。”

“第二天十一日的情况怎么样？”

“十一日往后，她每天都待在家里，十五日晚上接到了东京打去的电话，说发现了市长的尸体。”

田代沉默了片刻，又接着问：“市长弟弟雄次的情况呢？”

“他的情况是这样的，”冈本接了过去，“雄次十日那天一整天都在家里，有附近街坊的证言。不管怎么说，杂货店虽小，毕竟他也是个老板，所以总能在铺子里看到他的人影。中间有两小时去了趟他哥哥家，是去帮忙进货。当晚的情况不太清楚。”

“十一日以后呢？”

“十一日一大早去札幌拜访客户去了。”

“这些行踪都有旁证吗？”

“北海道警署都调查过了。”

“什么时候回家的？”

“据说是当天下午五点钟左右返回店里的，这个也有街坊的证言。”

“是吗？”田代又沉思了片刻，然后接着问，“福岛议长怎么样？”

“这个人几乎没有离开过北浦市，因为毕竟担任市议会的议长，职责所系，所以一直忙于议会的公务以及与市政当局之间的关系协调，等等。”

“这么说来，从距离上来讲，他们几位与东京的市长被害案件都没有关系？”

“从时间上讲也是这样。”

田代表情沮丧，坐在转椅上来回转着圈。

## # 4

田代警长走进位于警视厅总部大楼二楼的刑侦一科科长办公室。科长是个脑门儿光秃、眼窝深陷的男子，脑后的头发蜷曲，身材瘦长。田代向科长概要汇报了北海道出差归来的两名警员的报告：“基于这些情况，”他跟科长探讨起来，“目前，认为是死去的早川准二杀害了春田市长的看法占上风。我们这个破案小组是继续查下去，还是认定早川准二就是真正的凶犯，然后解散呢？”

“是啊，”科长问了两三个问题之后说，“目前为止，北海道警署还没有掌握早川准二之死到底是自杀还是他杀的关键证据，对吗？”

“是的。”

“我的意见是，等北海道警署明确结论之后，我们再考虑解散这边的破案小组，我想刑侦部部长也是同样的意见……你稍等一下！”

科长从椅子上起身，紧了紧领带，整理一下衣襟，然后走出房门，把田代一个人晾在办公室大约十分钟。

脚步匆匆的科长回来后，“吭哧”一声将屁股塞进椅子，然后说道：“刑侦部部长也是同样的意见，他说要等当地警方做出明确结论后再说……不过，这样做并不是说完全照搬北海道警方的结论……”

“是。”田代点点头，他也正是同样的想法。

——即使北海道警方认定早川准二是死于自杀，也不能据此就认为杀害春田市长的真凶已经自裁。

“北海道警署最终会认定早川是自杀吗？”科长无精打采的眼睛从镜片后面望着田代问。

“根据冈本他们的报告，基本上倾向于这样认定。不管怎么说，被认为凶器的领带就是藏匿在早川家里的嘛。”

科长似乎显得有点愁眉苦脸。

“实在是莫名其妙。听了你刚才说的情况，总感觉什么地方还差一口气。早川在东京期间的反常行为，还有从他家里搜出了物证，看起来好像各种条件都齐备了，但还是叫人觉得某个关键环节没办法说服自己，缺少让人彻底信服的强有力的证据。不管北海道警署怎么认定，我们这边还是应该按照自己的思路，进行深一步的侦破工作。”

“明白了。”

“不过，确实很难办啊。市长尸体上丢失的东西却在早川手上，从某种程度上来说，已经构成了这个案子定性的充分条件哪。”

的确，这一情况对本案的侦破形成了巨大制约。今后的侦破工作必须以此为前提展开。

“来到东京之后，早川的行动十分反常，所以自杀的看法才能占上风啊。”科长似乎非常在意这一点。

科长优柔不决的心情田代非常理解，他自己此时的心情就是这样。

当晚回到家，田代依旧心神难定，焦躁不安。

——春田市长到底是活着被带到发现尸体的现场杀害的，还是在别处被杀害后再转移到那里的?

不管是哪种情况，从某处到那个现场的移动方式迄今仍未被发现。

假如是活着被带到那里去的，则最合理的解释就是市长是被骗去的，绝对不会是被绑架的，尤其凶犯如果真是早川准二的话，就更加不可能了。因为首先，当时使用的车辆，除了出租车没有其他可能。

即使是被骗去，即使早川在现场临时起意，考虑到市长自愿随他去现场的话，那么首先能想象到的，应该是乘京王线轨道交通到高幡不动站，然后从那里拦一辆出租车，或者尽管路途稍远但步行前往；如果不乘出租车，那就是先乘轨道交通，再徒步前往的方式可能性最大。

但是第二种情况，就是假定市长是在别处被杀害之后然后丢弃至现场，这种情况下移动只能靠出租车或者包租车，就目前而言，很难想象早川还另有同案犯协同作案。

无论出租车或者包租车，只要将尸体装上车立即就会被识破，司机一定会向警方报案。之前协查通知已经广为散发，一有线索，出租车公司不可能不向警方报告的。

然而至今没有接到过此类报告，这说明了什么?

总不会是当事的司机也突然死了，或者离职回乡下老家了吧？

但是，确实曾有出租车司机报告说接载过一个貌似早川准二的人物从现场附近去神田区，这个时间段正是早川实施杀人后的返程时间。问题是，早川与尸体一同前往现场究竟是怎样的去程？

不过，早川在此时从现场附近返回神田这个行为，无论怎么解释，都只能有力地证明他就是真正的凶犯。这个时间与尸检的死亡推定时间有三十分钟出入，但仍在误差允许范围之内。

而且，除了早川准二，其他与春田市长有关的人物当晚都有不在现场的证明，进京的议员们始终在一起，留在北浦市的那些人 10 日晚上全都没离开过北海道。没有不在现场证明的，只有早川一个人。

田代躺在床上，却怎么也无法入睡。不知不觉地，从北海道出差回来的冈本提到过的当地警员关于阿伊努地名的情形，蓦地浮上他的脑海。田代也很喜欢这类知识，还有一本这方面的专著。这可能是那些长期来借助地图脚踏实地挖掘线索的警员所特有的职业习惯。

难以入睡的时候，为了苦挨时间，田代便阅读这类书籍。继续绞尽脑汁苦苦思索，只会使自己头痛欲裂，不如丢开一切解放一下大脑。

床“咯吱”响了一声，田代蹑手蹑脚地爬起来，到空落落的书架上找书。

# 5

第二天将近晌午时分。

担任北海道警署设在北浦市的本案侦破组组长的警长给田代打来电话。

“哎呀，前两天我们这边的人给你们添了不少麻烦，承蒙你们关照，太谢谢了！”没等对方说出正事，田代先表示了一番谢意。

“哪里哪里，多有不周，还望见宥。”

简短寒暄之后，对方警长开口说道：“我们这边，对于早川准二的死到底是自杀还是他杀，或者是事故致死，还没有做出最终结论，虽然就目前来讲，尸体的状况最接近于自杀，不过我们还是会慎重研判的。”

田代自然非常赞成，他认为这样处置最为妥当。

“还有一件事情：春田市长故世眼看就要二七了，我们收到市长夫人的联络，说是要去趟东京，到被害现场吊慰她的丈夫。”

“啊？”田代紧攥着听筒，不由自主地提高了声音，“她什么时候来东京？”

“是今天的‘全日空68航班’，下午十六点五十五分从千岁起飞，到羽田机场应该是十八点二十五分。”

田代下意识地看了下手表，现在已经过了十一点，还有七个小时就要到羽田机场了。

“就春田市长的遗孀一个人吗？”

“不，还有市议会的福岛议长、远山议员、前市长秘书有岛，还有市长的弟弟雄次也一起去，一共五个人。”

“噢，”田代的心登时“怦怦”急跳起来，“那么，就由我们这边好好招待他们了！”他接着问，“他们预定在东京待几天？”

“听说好像是三天吧。”

“明白了，这几位对我们来说都是重要证人，我们一定会好好照应的。”

“那就拜托你们了。”

两人之后就溺水身亡的早川准二又聊了几句，最后田代问对方：“对了，关于春田市长的前妻矢野登志子的下落，还是一无所知吗？”

“是啊，打那以后我们这边也没再进一步调查下去，不过，至今没人听说过关于她的消息，估计结果就是下落不明了吧……她怎么了？”

“哦，没什么，我只是还有点丢不下，所以顺便问问。万一你们那边因为其他案子捎带着调查她下落的话，还望把结果也通知我们一声好吗？”

“好的，知道了。”

“那位前妻的娘家，现在还在经营酿酒生意吗？”

“她家以前生意做得可大哩，直到现在札幌一带还能看到它的广告呢，不管怎么说，夕张郡栗山町那一带向来是酿酒之乡，再说她家的‘雪之舞’称得上是老字号了。不过，最近几年好像不那么景气了。”

“是吗？那市长先生家的‘北之寿’也差不多有这么高的档次吗？”

“不不，很遗憾，北浦这边的酒比那边的要差多了，春田市长家的‘北之寿’算是稍好的了……不过，酒的档次这玩意儿全是那些真正的好酒之徒所讲究的，反正市长家的‘北之寿’还是卖得不错的。”

“好像市长和他前妻是因为性格不合离的婚，那他和现在的夫人关系怎么样？”

“听说关系非常好。调查这次事件的时候，我们的警员听说了这样一件事情：北浦银座街上有一家吉井杂货店，老板娘以前曾经在春田酿酒工厂做过，市长先生每次出差都会打电话到她店里，问她美知子怎么样啊，还好吧之类的话。”

“哦？为什么不直接打给夫人呢？”

“听吉井杂货店的老板娘说，市长说是直接打给夫人不好意思哪。市长体贴妻子的爱情电话在街坊中传开了，都说他对妻子太好了哪。”

“是这样啊，娶个年轻妻子，真是费心得很啊。”

田代向对方致意后，便挂断电话，随即叫来了冈本和青木。

“噢，他们要来东京是吗？”两人不约而同地睁大了眼睛。

“所以哪，他们今天晚上会在什么地方先住一晚，明天再去市长被害的现场去吊慰。我们的任务，就是把他们当作这个案子的重要证人，好好地照应好他们。不过，这事警视厅出面不太方便，所以我就不去机场接他们了，冈本君，你辛苦一趟，代我向他们打个招呼。”

“好的。”

“另外，明天我也会跟他们一同到现场，不过青木君……”

“是。”

“你不要直接露面，弄清楚他们一行的住宿地点，然后不露声色地监视他们。”

“是监视有岛吧？”

“没错……今明两天晚上有岛可能会有所行动哪。”

“明白了。”

“警长还一直留在这儿不下班吗？”冈本问。

“青木君会来电话的，我就是为了等青木君的电话才留下来加班的呀。”

两名警员出门之后，大约七点半，冈本给田代打来了电话。

“他们几个现在进了神田区一个叫‘银月会馆’的旅馆，好像接下来要去吃晚饭。”

“哦……市长夫人看见你，没有表现出有什么不愉快的样子吧？”

“没有，倒是显得很过意不去呢，一个劲儿地说给我们添麻烦了，对不起什么的。”

“是吗？”田代沉吟片刻，“今天晚上我露一露面也无妨，不过他们刚刚到，也用不着这么着急，再说对方一路上也累了，明天到现场我再跟他们打招呼吧。你辛苦一下，继续守在旅馆外面。”

“遵命！”

“十一点左右还没人外出的话，应该就不会外出了。”

“是啊。”

冈本的电话挂断了。

田代仍在等候另一通电话。他拿出折叠的将棋盘，摊开搁在椅子上，和另一名警员面对面下起了将棋[1]。

胜负极其神速，不到三十分钟，警员的王将就被将死，第二局则是田代的王将被将得四处窜避。就在此时——

电话铃响了。是冈本打来的。

“现在，福岛议长、远山议员还有有岛，他们三人正要从旅馆出去！”

“是去银座吗？”

“好像是的。”

看来，福岛议长和远山议员虽陪同市长夫人一同来的东京，结果却仿佛局外人似的，一到东京马上就忙着上银座乐呵去了，而有岛则成了议员们的跟班。

“那么，旅馆就剩市长夫人和市长弟弟了？”

“不是的，夫人也要外出。”

“什么，她也要外出？”

“哦，她跟议长一行不是一块儿的……我猜想，她是不是到银座买东西去？”

“买东西？可是这才刚刚到东京嘛。”

“明天要去她丈夫被害的现场，所以，可能得买些花啦什么的吧。”

---

1　将棋：起源于印度，或认为系由遣唐使于奈良时代经中国带入日本，或认为系从南方经海路传入。分为大将棋、中将棋和小将棋，一般常见的是小将棋。

#6

“要这样的话，哎，”田代继续说道，“留在旅馆里的就市长弟弟一个人了，对吧？”

“是的。夫人估计很快就会回旅馆的……怎么办，有岛跟议长在一起哪！”

“嗯……”

田代感到有些出乎意料，原先以为有岛会独自溜出旅馆的。

但是，有岛未必一直会跟议长和议员同行，说不定他会瞅个空子中途离开，然后单独行动。

“那好，先看看他们去银座哪间酒吧喝酒，确认了再联系吧。”

“明白了，我这就跟上他们……车子已经到旅馆门前了。”

这通电话刚刚结束，很快青木也打电话进来，请示下一步行动。

“青木君……”

“我听着呢。”

“刚才冈本君打来电话说，两名议员和有岛一起去了银座喝酒，市长夫人好像要出去购物，他们走了以后，你注意下，看看有没有人来‘银月会馆’跟里面的人碰面。”

“可是，不是全都出去了吗？”

“来的人也许不知道他们外出，而且，市长的弟弟还留在旅馆里。”

“明白了。”

青木挂断了电话。

田代忽然想到，市长的弟弟雄次似乎每次总是留下的那个人。

上次，田代去都市会馆找有岛一边聊天一边逛至赤坂见附，有岛说起：

“本来我是要留下来守电话的，现在托付给雄次先生了。”当时是春田市长去向不明，一行正急切地等待市长来电联络的当口儿。

市长的弟弟雄次总是留下来守电话，无疑因为他是市长的直系亲属的缘故，想必也是他主动应承下这份差使的。

之前接触给田代留下的印象，春田雄次是个老实敦厚的人，但有时他不经意露出的眼神中却有一种不敢掉以轻心的东西。出人意料地，他也许是个倨傲厉害的角色也说不定。

接下来，青木和冈本陆续打来电话。

“福岛议长和远山议员还有有岛三个人现在进了银座的‘皇冠夜总会’。市长夫人确实去了银座的花店。”冈本报告说。

田代命令他继续监视议员们的动向。

紧接着，青木的电话也打进来了。

“我刚才一直在旅馆门前监视着，没有人来找过他们。”

“是吗？”

“福岛议长和远山议员还有有岛他们好像去了银座，接着，市长夫人也出去了，现在他们正由冈本跟踪监视，我这边倒有点闲得没事了。”

“剩下的只有市长弟弟了吧？”

“没错，只有雄次一个人。我向旅馆打听过，说他躺在床上看杂志呢。”

“他们房间是怎么住的？”

“福岛议长跟远山议员住一个房间，市长夫人住稍稍离开一点的一个房间，有岛跟雄次同住一个房间。”

“你向旅馆打听情况，关照过他们要守口如瓶了吗？”

“我叮嘱过他们了，对任何客人都必须保密不能透漏。”

“你在那儿守到福岛议长和远山议员们回来。至于有岛，不清楚他会怎么行动，所以他就交给冈本君吧。假如什么事都没有发生的话，冈本君应该会回去和你会合，然后你们就可以撤了。”

“遵命。”

“市长夫人好像去买花了，应该很快就回去的……最需要注意的就是有岛，他有可能趁议员们喝酒的时候先离开，然后独自返回旅馆。”

“明白了。”

与青木的电话结束。

冈本和青木最后一次打电话来已是十一点多了。

“有岛一直跟议员们在一块儿喝酒，也是一块儿回旅馆的。”冈本报告说。

“我后来一直盯在旅馆门前，还是没有人来找他们。”青木报告说，“只有市长夫人很早就回来了，旅馆的人问她，她说是今天长途旅行累得够呛，然后就上床休息了。”

总之，进京的一行五人当晚毫无异常，在旅馆度过了第一夜。

第二天一早，田代前往“银月会馆”。

据说一行上午九点钟出发去现场，所以他稍稍提前一会儿到达旅馆。

田代首先与福岛议长见面，随后经他介绍，初次与市长夫人面对面相见。此前听过冈本和青木的报告，他对市长夫人已经有了大致的印象，此刻，坐在面前的这位女性，跟自己的想象几乎毫无二致。不出所料，看上去比实际年龄年轻几岁，也许是经营过酒吧的缘故，妆化得也相当得体，虽说穿上了丧服，但穿着效果却和普通人大不一样，隐约透着几分风韵。真难以想象，丧服竟然较任何盛装更能呈现女性的魅力。

“这次给你们添了不少麻烦。”市长夫人彬彬有礼地答谢田代的问候。

“暂时还没有抓到杀害您丈夫的凶犯，但我们一定会竭尽全力的，请您再耐心等一等。”田代说，他故意没有提及早川准二。

夫人也没有提早川的名字。虽然已经从早川家中搜出了足以认定真正凶犯的物证，但是夫人尽力避免谈及与警方侦破有关的话题。

再看有岛，他也有礼貌地对田代表示给警方添麻烦了，但却似乎有点害羞的样子。田代从他的表情上看出，有岛已经意识到自己被警方盯上了。但田代仍然不露声色，对有岛之前的配合表示感谢。

一行分乘两辆轿车前往位于日野市的现场时，已经是十点多了。田代自己与远山和有岛同乘一辆车，前面车上坐的是市长夫人、市长弟弟和福岛议长。

田代之所以陪同一行同往现场，既有为已故市长祈祷冥福的心情，其实也有在现场亲自观察一下五个人的表情的目的。

五人之中，如果有谁熟悉那一带地理，必定会不知不觉流露出来，面对初来乍到的地方和之前曾经来过的地方，表情自然而然会有所不同的。当然，第二次来的人也会竭力装出初来乍到的模样，但只要仔细观察，还是可以从自然流露出的表情中捕捉到其内心情感的。正是想观察一下这种反应，田代才深入到这五个人中的。

田代乘坐的车子上还有远山和有岛，有岛因为之前的身份是秘书，所以他坐在副驾驶席上，远山议员和田代则并排坐在普通坐席上。

然而，有岛和远山似乎都是第一次到日野。田代坐的位置正对着有岛的后背，只见有岛不住地转动脑袋，入神地眺望着车窗外的风景，怎么看都不像是第二次来此地。

远山议员不是问题。这个在当地经营着一家土建公司的男人，只要有酒便满足了。他不像有岛那么热衷于观望窗外景色，这也可以看出他的兴趣所在。

车子行驶了一个多小时，来到位于日野的现场。

两辆车依次停在路边，一行步行走向荒寂的杂树林。

夫人胸前紧紧捧着昨晚在银座买的花束。

风有点冷，但走进杂树林来到向阳处，身上竟意外地有些暖洋洋的感觉。

发现市长尸体的地点旁，依然看得出泥土被翻掘过的痕迹。田代脑海中又清晰地浮现出那一夜的情景。

“就是这里。”田代向一行示意着地点，随即垂下头。

夫人一身丧服，跪在那堆泥土前，缓缓地将胸前的花束放到红土上，然后合掌默祷。市长的胞弟雄次站在嫂子身后，也合掌祈祷着，他的手上还握着一串念珠。其余人垂着头，站立在他们后方。

夫人口中发出低微的呜咽，在清澈的空气中回荡。

田代站在稍稍离开一行的侧面，目光却始终停留在五个人的侧脸上。

# 酒 桶

## # 1

日野市杂树林地面散落着落叶，夫人将手捧的花束放在春田市长尸体被发现的现场，一行结束了吊慰。

田代警长此时仍在悄悄观察每一个人，想捕捉到谁的脸上流露出一丝以前曾经到过此地的细微表情。在来的路上，他和远山、有岛同乘一辆车，据他推断，这两个人对这一带地理情况并不熟悉。

问题是乘坐在前一辆车上的福岛议长、市长的遗孀以及市长的弟弟雄次这三个人。

“这地方真不错啊。”远山环视着四周说道，“离东京市中心不远，想不到居然还有这么个幽静的地方哪。”

其他人听了也都不住地点头。

“哎呀，这儿也变了好多哪。”突然，福岛议长蹦出来这么一句。

田代暗暗吃惊：咦，他对这儿很了解?

“其实，我高中是在东京读的，”福岛主动向大家解释道，“大学离开东京去东北读的，就没再来过这里，不过借住在东京读高中的时候，经常到这一带来玩的哩。那个时候，这儿只有零零星星很少几户农家，全都是茂密的森林哪，就跟国木田独步[1]小说中描写的一样。”

所有人都在专心地听。就田代的观察，春田市长的遗孀、市长的弟弟雄次，都不像是曾经到过此地的样子。

被害的春田市长毕业于东京某私立大学，理所当然对这一带非常熟悉，然而与案子却毫无关系，因为被害人自己选择赴死地点是不可能的。

这一行中唯独福岛议长熟悉这里……田代注视着这位矮胖的市议会议长，但他不相信是福岛杀死了春田市长。福岛也许仅仅是学生时代来过这一带而已吧。

一行乘上轿车，踏上回程。

所有人都对司职接待兼向导的田代表示了感谢，市长遗孀尤其显得礼貌有加。

“这次多亏了您，使我得以亲眼看到我先生被害的现场，真得好好谢谢您。我总算可以稍稍安心一些了，假如连先生遇害的地点都一无所知，实在于心不安哪。”

“非常遗憾，我们没有尽到责任，以至到现在还没有捉拿到凶犯。不过目前案件侦破进行得很顺利，我相信，用不了多久，您先生九泉之下就可以瞑目了。”

田代这番话并不是安慰夫人的虚言，他的自信终于被激起了。尽管还不能说倏忽间收集到了足够的有力证据，但他似乎看到了马上就要水落石出的一幕。换句话说，这就是一种警察的直觉，以及对于自己破案能力的自信。

一瞬间，夫人那双美丽的瞳仁紧紧盯着田代：“那就拜托你们了。

---

1　国木田独步（1871—1908）：日本诗人、小说家，本名哲夫，是日本自然主义文学的先驱作家，主要作品有《武藏野》《牛肉和马铃薯》《命运论者》等。

听到警视厅的人这么说，我不知道有多高兴啊。虽然今天只能以到被害现场吊慰的方式代替上坟，但现在能听到这样的话，我还是感到很欣慰。”

站在夫人身后、一直少言寡语的市长胞弟雄次也一同垂头致意：“那就拜托你们了！”

这位市长弟弟严守礼仪，却似乎非常欠缺社交性。之前随市议员一行一同进京的时候也是这样，只是作为一名同行者，但很少开口说话。现今这个时代，这样的人不多见了。

“你们什么时候回北浦？”田代问道。

“已经订了后天下午的航班。”市长遗孀回答。

“我们嘛，正好也是顺便，再去跑跑中央有关部委拜访一下，大概晚两天再回去。”议长代表自己和远山将日程预定一并做了回答。至于有岛，看样子作为随行也跟议员们一道留下来再待两天。

送一行回旅馆后，田代直接返回破案小组。刚进屋，青木凑上前来问道：“警长，怎么样？”

“嗯，暂时还是没有理出头绪。”他一边说着，一边喷吐出烟圈在眼前飘浮，“冈本君在干什么呢？”

“遵照警长指示，守在那家旅馆附近监视，时刻留神着有岛的一举一动呢。”

“市长的遗孀和弟弟后天下午回北浦，市议会议员一行再多待两天。”田代转告了一行的行动预定，随后叮嘱说，“从今天起这三天是最最重要的时期。春田市长在东京被杀，这是无法否认的事实，假如凶手就在这五个人中间，或者有人同凶手联络的话，在东京的这几天内肯定会有什么事情发生。”

“是啊。”青木将拇指肚贴紧中指肚，“嘎巴”打了个响指。

两个小时后，蹲守在神田的“银月会馆”监视有岛的冈本打电话进来报告情况。

“有岛从现场回到旅馆后，大概待了四十分钟就离开房间，叫了辆出租车出去了，我马上拦了辆车跟上去，发现他朝筑地方向去了。”

“哦？”

“车子开过胜哄桥，一直往南开。结果，等到他从车子上下来，我才发现竟然到了晴海码头的岸边。”

“晴海码头岸边？奇怪，他怎么会去那里？”田代对冈本的报告大惑不解。

“我也觉得奇怪呀。那里都是仓库，我心想有岛可能去仓库办什么事吧，可什么事也没有，他站在码头岸边，双手抱肘，一直盯着海面看。”

“什么也没有做？”

“什么也没做，就是呆呆地站在那里看大海。”

“码头上应该有船靠岸吧？还有各色各样的人来来往往，他没有跟其中什么人接头交谈？”

“根本没有，就光是站在那里看海。”

“后来呢？”

“完啦。后来他晃晃荡荡走到路上，正好有辆出租车经过，他拦了车坐上，又沿着来的路往回走，我下车的时候让出租车等着的，所以马上就跟上去。他回到‘银月会馆’，进了里面就没再出来。”

“是吗？”

“警长，接下来怎么办？”

“哦，再看看他有什么动静。对了，再过一个钟头让青木君去接你的班吧。”

“好的。”

田代放下听筒，一旁的青木听到了刚才警长说的话，于是探过来问道："是冈本打来的？"

"是啊。他说有岛离开旅馆去了晴海码头，站在岸边，目不转睛地眺望大海，然后又回旅馆了。"

"哎，真是不可思议啊，去晴海？如果他去的是横滨或者鹤见，倒是还能理解。"

"横滨或者鹤见怎么了？"

"哎，早川准二不是在那一带东奔西走不停地换旅馆吗？所以说，如果有岛站在那儿的海岸边，多多少少才说得通一点嘛。"

"噢……"

听了青木的一席话，田代似乎忽然想到了什么，然而他忍着没有说出来。

# 2

田代警长决定亲自去一趟横滨。当然，这件事派部下去也完全可以，不过一来他们都忙着，二来田代还是想亲眼确认一下。

田代走出破案小组办公室，从东京站乘上湘南电车，大约三十分钟后到达横滨。

他先是去了位于西区藤棚町的"田川旅馆"，早川准二曾用"岸田一郎"的化名投宿于这里。

有关早川住在这里时的举动，警方之前已经来此仔细调查过，田代似乎没必要再特意来此一趟，不过，他今天是想从别的角度看看能否找到些合乎情理的新线索。

旅馆老板是位脑壳秃得发亮的老人。田代开门见山亮明自己的身份。随着交谈渐渐深入，老人讲的和之前警员报告过的内容几乎没有变化。

“那个叫岸田的人，晚上做些什么事？”

“他呀，酒也没喝，也没做什么反常的事情。”

“早晨呢？”

“早上七点钟左右起来外出了……对了，”老人似乎想起来什么，“说到酒我想起来了，那个人好像也不是跟酒一点无缘哪。”

“哦？此话怎么讲？”

“我家前面相距五六百米的地方有间酒铺，名字叫‘角屋’，那天下午我经过酒铺的时候，看到那个叫岸田的客人正在外面往里面窥视呢。”

“哦？”这个情况可是第一次听说。

“上次警察先生来询问的时候，我觉得也没什么大不了的，所以没在意，忘记说了，现在想起来，我觉得还是应该告诉您。”

田代告辞了这家旅馆。

沿着大街向前走了五六百米，果然看到街角上有一间酒铺。大概是位于街角，所以取名就叫“角屋”，不过铺面跟别处的酒铺一样也是玻璃门窗，店堂颇为轩敞，里面除了酒，也卖酱油、醋之类的。

“岸田一郎”没有走进铺子，而是从外面向内窥视，也许并不是有事找店里的人。田代模仿早川的样子也透过玻璃窗朝里面张望，刚巧店门前有个店员正往摩托车的行李架上摞一升装的瓶装酒，看到田代的举动登时露出惊讶的表情。

店堂内堆着许多四斗装的大酒桶（大约可装七十二升酒），正面朝外，有的包着草窝，有的草窝已经剥掉了。这时，一只酒桶上贴着的“雪之舞”商标跃入眼帘。

田代看到这几个字，觉得似曾相识，随即猛然醒悟道："雪之舞"不是春田市长前妻娘家酿的酒的牌子吗?

田代毫不迟疑地推开门闯进店堂。

照例开门见山地亮出身份。从里间走出来胖墩墩、红光满面、五十多岁的店老板。

"您问这个吗？"听到田代打听酒桶，他自己也朝酒桶望过去。

"这个应该是北海道那边产的酒吧？"田代问。

"没错，商标上写着哩，就是北海道产的酒。听说，那一带好像盛产清酒呢。"

"原来如此。那么，你的铺子跟这家酿酒厂以前就有生意往来吗？"

"没有，这是头一次。"

"你说是头一次？"

"其实呀，这家酒厂的业务员前些天跑来这儿，说是北海道产的地方名酒，口味甘醇，如果代销的话价格也比一般的二级酒稍稍便宜一些。像这种酒厂的业务员是经常往这儿跑的，不过，他家的付款条件更加优惠，所以就同意了进一点卖卖看。"

"是什么样的付款条件？"

"一年后再来收款。"

"哦？时间够长的啊。"

"是啊，这年头回款再宽松的人家，六个月的汇票这已经是最长期限了，所以一年的话我们真是求之不得哩。再说最近有好多新建大楼的竣工庆祝仪式什么的，这种草窝包着的四斗桶装酒销路很不错的，所以就答应他先进一桶，这就送来了。"

"口味怎么样？"

"还是可以的……对了，要不，您来两口品尝品尝？"老板说着就想去拿勺子舀酒。

“不不不，”田代连忙摆手，“我对品酒一点也不在行……哦，对了，那位业务员的名字您知道吗？”

“知道，他给过我名片，好像放在哪里了……”

老板在抽屉里扒拉了一阵，终于手上夹着一片纸出来。

“喏，就是这个。”

田代接过来一看，上面写着“岸田一郎”，跟投宿田川旅馆时用的是同一个名字。名片的抬头写着“雪之舞”酒厂总部，还有地址“北海道夕张郡栗山町”。

“那个人长得什么样子？”

“有一把年纪了，大概六十岁出头了吧，满头白发，皮肤有点黑，眼睛倒是挺大的，炯炯有神哪。”

正是早川准二的相貌。

“后来，我问他你是老板吗，他说怎么可能哩，自己只是个掌柜的。看来北海道那边，这把年纪了还只是干个掌柜啊。”

“那个业务员是什么时候来的？”

“大概是两个月前了，具体日期记不得了，我只记得好像是中旬左右吧。”

“两个月前？”

“是啊。收了订单可是东西却一直没送来，我还想哩，反正是外地产的酒，也不指望它，没承想，这个月的十四日下午四点多，东西突然给送来了。”

“十四日四点多？！”

田代仿佛全身被电击中一般。就是那天的翌日晚上，春田市长的尸体在武藏野地区的杂树林中被发现。他感觉自己浑身僵住了。

田代匆匆离开角屋酒铺。他手里攥着刚刚从老板那里得到的那张名片。名片不是印刷的，而是用钢笔手写的。

接下来，田代去了中区的山元町。早川曾在这里的商务旅馆“山手客栈”投宿过。

田代向客栈打听了好多问题，客栈的回答大致跟警员的调查报告雷同。不过在这里，没有听说关于早川准二窥视酒铺的情况。

早川准二在推销酒，而这个酒是春田市长前妻娘家酿造的。

田代忽然觉得，这个案子好像被什么人的亡灵缠上了。

他在客栈附近逛了许久，寻找着蛛丝马迹，酒铺倒是有，但都没有进过“雪之舞”这种酒。难道那个酒只推销给“角屋”一家？似乎不可想象。于是他寻思，与其一家一家去打探，不如找到配送行调查来得更加直接。

田代来到了横滨车站跟前的丸通配送行横滨分店。

“呃……桶装酒是吧？”工作人员翻看着配送底单。

“对，酒名是‘雪之舞’。”

“‘雪之舞’？哦……”工作人员用手指蘸了点口水继续翻找着，“啊，有了！”随即将配送底单指给田代看。

“您看，是十四日的早上八点钟到的件。”

“早上……”铅笔尖在笔记本子上飞快地移动。

“送件是下午两点左右开始送的。”

“两点钟？”田代不由自主地问，因为“角屋”说过是将近傍晚的时候到的货。

## #3

“派送地点是哪里？”

“这儿！”

顺着工作人员手指的地方看去，配送地点共有三个，全都在横滨市内，一个是本牧的安田酒铺，送去了三桶“雪之舞”，还有一个是靠近樱木町的冈田酒铺，送了两桶，再有一个就是角屋酒铺，一桶，总共是六桶。

“确实是下午两点左右才开始派送的？”在本子上记录的田代问道。

“是啊，两点钟左右从这里出发，最晚一个小时以内就送到了。”

“奇怪呀，那间叫角屋的酒铺在西区，他家说收到货物都已经是傍晚四点多了。”

“不可能花那么长时间啊。”工作人员说着，翻看派送单，“噢，知道了，那家不是我们送的，那件货只到我们配送行，再由他们过来自己取件的。”

“过来取件的……是什么人来取的？”

“哎呀，这个就不清楚了，我先帮您查一下取件的时间。”工作人员又去翻找其他底单，“啊，是三点半来取的，这样，到酒铺差不多正好是四点多。”

“是什么样的人来取的件，能帮我查一查吗？”

工作人员走出办公室，向只穿着一件 T 恤衫正在整理一大堆货物的配送员走去，好像在询问对方。很快，他又返回办公室。

“问到了，配送员说相貌记不太清楚了，反正是个穿着西装、上了些年纪的人。”

又是早川准二。

“是开卡车还是其他什么车子来取的？”

“不，说是辆轻型的客货两用车。”

“客货两用车？”

早川准二在东京还有这样的车？会不会是从别处借来的？

“这个桶装酒是从什么地方发件过来的？”

“我来帮您查查。”工作人员再次去翻看底单。

“是从北海道的样似站发来的，当地也是丸通配送行接的单子。”

“谢谢啦！”

看样子，还得返回角屋酒铺再了解了解。

田代沉思着。“样似”这个地方究竟在哪里？他对北海道地理不十分熟悉，于是打算稍后再仔细查一查。不过，既然是酿酒厂的工厂所在地，应该相去不会太远的。

思来想去，“样似”这个地名总感觉不大像日本地名。

语源会是什么呢？

地名……

此时，田代脑海里倏忽间闪过一个奇想：早川电话告诉家里人说“到海边去”，会不会他所指的并不是“大海”？会不会是另外一个带有“海”字的地名，或者电话中很容易错听成“海”的地名？

然而，田代打消了自己这个奇想。假如北浦市有这样的地名，当地警署一定会立刻注意到的。

可是，样似呢……田代情不自禁地又想到了样似。北海道由于历史较为短暂，町村合并时有发生，一些地名在合并之际消亡已没什么不可思议的。北浦市的警察及时熟知北浦市的情况，但对于相距百公里以外的样似这样的地名，恐怕也未必胸中有数吧。

田代来到图书馆，请图书管理员将馆内所有关于北海道地名的出版物统统找来。先在样似这个项目下查找。现有行政地名中没有找到含有“海”字的地名。

然而，仔细阅读有关明治十五年町村合并的记述文字时，意外地发现有过一个叫“海边村”的地名。

“去海边”还是“去海边村”？稍不留意，确实很容易听混，更何况在公共电话中，早川家人误听的可能性是完全存在的。

根据记述，“海边村”恰如其名，的确是个濒海小村落，行政区划并没有将其列为正式地名，但当地人迄今仍习惯地把它称为“海边村”。

“雪之舞”在海边也有酿造工厂？早川去海边村的目的莫非跟酒有关？

不管怎么说，千想万想也想不到早川会在外干起酒的推销来。刚才听角屋老板说，早川前来征求订单是在两个月前，毫无疑问，他当时是为北浦市的公务而出差来东京的。趁公出之机，竟然推销起酒来——依照常识，绝对是不可想象的。

——早川究竟在干什么？

田代陷入了深思。无论是酒，还是早川的诡异行动，只能令人觉得与春田市长的被害有着密切瓜葛。不管是市长的领带和名片夹在北浦市的早川家里被发现也好，还是此次早川在横滨的种种反常举动，都只能说明，早川是最值得怀疑的凶嫌。

有一件事看来已经十分明朗了，那就是早川之死绝不是自杀或者事故致死。在此之前，田代曾经也怀疑过，早川的死有可能是自杀，死因当然是因为杀害市长之后产生的自责，所以不惜自绝生命以逃避痛苦的心理自责。

然而，如果早川离家之前所说的可能不是“去海边”，而是“去海边村”。这样看来，早川并不是想去海边蹈海自杀，他是去海边某个地方做什么事情。

可是第二天早上，海岸边就出现了早川的尸体。这清楚地说明，有人绑架了行路的早川，将他弄到海岸边。

# 4

田代又回到位于藤棚町的角屋酒铺。

老板恰好在店堂里。

“老板，又来跟您打听‘雪之舞’的事情了。您刚才说送货过来是下午四点多钟，是吗？”

“是啊。”老板客客气气地答道。

“当时是配送行送来的吗？”

“不是的，还是那个叫岸田的业务员自己送过来的。”

“就他自己一个人吗？”

“到这儿是一个人，开着辆客货两用车。还跟我打招呼呢，说不好意思送过来晚了，然后就往下卸酒。卸的时候我铺子里的伙计还搭了把手帮他来着。喏，就是这个桶装酒。”

“哦，原来如此。当时那个岸田是穿着西装来的吗？”

“不是，穿着件藏青色的工作服，不过只是当外衣穿的，下面还是衬衫和裤子。”

“工作服上印着什么字吗？”

“没有，没印什么字号。一般的话，上面会印‘雪之舞’的商标或者文字，但是他穿的没有。不过，衣服上好像印着别的什么东西，我就记不得了。”

田代再次陷入了思考。那件工作服是早川事先准备好的吧。前往横滨站前的丸通配送行取酒的时候，穿的是西装，酒送至这里时已经换成了工作服。在什么地方换掉的呢？去丸通时是三点半，到这里是四点二十分。从丸通开车直接到角屋的话只需二十来分钟。中间约有半小时的时间空白，工作服可能便是在这段时间内换掉的。而且可能不止是换了衣服，说不定附近还有他的隐身据点，他在那儿磨磨蹭蹭耽搁掉了一些时间。

会不会那个隐身据点有客货两用车？就是说，有理由推测早川准二和那个地方关系熟络，从那儿借用的车子，同时还借了工作服。

“老板，”田代的视线投向酒桶，“抱歉得很，可以麻烦您把那上面的商标完整地剥下来吗？”

“啊？”老板瞪圆了眼睛，“这酒有什么问题吗？”

看来田代一个劲儿地打听酒的情况，使得老板起疑心了。

“哦，不是的，是有个情况想去了解一下，绝不是这酒有什么问题，您尽管放心好了。”

“谢天谢地！哎呀，我还以为酒有问题呢，吓得我心里‘扑腾扑腾’直跳……商标拿去不碍事的。喂喂！”他招呼店里的伙计小心地将贴在酒桶上的商标揭下来。伙计用水将商标拍湿，再从边角慢慢剥离。

“太谢谢了！”

商标上印有“出产 北海道夕张郡栗山町矢野源藏酿造株式会社”字样。田代还记得，这个矢野源藏就是春田市长前妻登志子的父亲。

只是，夕张郡栗山町与样似町海边村相距有多远？这必须等返回警视厅看了地图后才能知道。

早川为了推销酒，与酒铺约定一年之后再收款。正是这一年账期的诱惑力，酒铺才同意经销的。早川是不是与市长前妻的娘家相识？这里面也可能有什么圈套。田代特意请酒铺将商标从酒桶上揭下来，就是为调查这方面的情况。

根据在横滨车站前对丸通配送行的调查，酒一共有六桶，角屋酒铺一桶，本牧的安田酒铺三桶，樱木町的冈田酒铺两桶。查看了丸通配送行的配送单，货物从样似车站发出时就是六桶。六桶酒不多不少被分别派送到了三间酒铺，这其中似乎并无可疑之处。

然而奇怪的恰恰是这一点。早川为什么要四处推销“雪之舞”呢？如果一手交货一手收钱，则可能是为了截留钱款以满足自己的贪欲，但约定收款账期是一年之后，那就不会是出于这个目的了。

田代忽然想到，早川借用客货两用车的地方，会不会是春田市长经常光顾的饭仓那家“矶野餐馆”？

回到破案小组，冈本已经和青木换班回来了。

“青木君到‘银月会馆’现场去了。”冈本报告说。

“没什么异常情况吧？”

“没有。有岛回旅馆后就一直待在里面再没出来，市长遗孀和市长弟弟也都在里面，但是福岛议长和远山议员外出了，说是去拜访自治省。”

“是吗？”

田代坐到椅子上。他到横滨跑了个来回，所以此时天色已经晚了。

“冈本君，你上次去过‘矶野餐馆’对吧？”

“是的，我去调查过春田市长的情况。”

“你帮我给‘矶野’打个电话，问问他们店里有没有客货两用车。”

“好的。”

“还有，顺便问一下店里有没有工作服。”

“明白了。”

冈本正要拨电话，“等等！”田代制止了他，“还是不要打电话，直接去一趟找个店里的人当面问更好。倒不是担心对方会隐瞒情况，但还是直接去比打电话好。”

“明白了。”冈本当即出发。

北海道南部有个巨大的倒三角形海岬，海岬的尖角部分是襟裳岬，北浦市就在倒三角形西侧的根部，样似町则位于连结北浦市和襟裳岬的海岸线上。北浦市和样似町之间相距大约一百五十公里，夕张郡栗山町则在北浦市以北大约六十公里处，到样似町的直线距离差不多将近两百公里。这两地之间究竟有什么样的联系呢？

田代从笔记本子中取出从“角屋”带回来的商标。从横滨返回来这一路上，商标已经干透。

他给北海道警署侦破小组写了封信，将商标一同装入，用快件发出。

信发出后，他点燃一支烟，继续思考着。

——那六桶酒中，为什么唯独“角屋酒铺”的那桶是早川亲自送去的呢？其余五个都是由丸通配送行派送的，只有“角屋”那桶的发送目的地是丸通。由于另五桶由配送行派送，所以送到酒铺的时间也更早，为什么这桶却只发送到配送行？是早川为了晚些送到店里才特意这样做的吗？

# 5

冈本打来了电话。

“我到‘矶野’问过了，”冈本报告说，“‘矶野’没有客货两用车，而且也没有统一的工作服。”

“是吗？”田代稍一思索说道，“你再问问看，‘矶野’有没有从附近街坊那里借过客货两用车又转借给别人，另外有没有借过工作服转借给别人？”

“好的。那是哪天的事情？”

“十一月十四日。”

“啊，十四日？那不是市长尸体被发现的前一天吗？”冈本提高了声音。

“是啊。好了，等你回来再详细说吧！”

“看来要有好戏了！”冈本兴奋地说完，挂断了电话。

接着，青木的电话也来了。

“警长，您什么时候回来的？”

“哦，刚刚回来。”

“警长辛苦了……我现在正在‘银月会馆’附近监视，没有人外出。听会馆的人说，市长遗孀大概累了，已经睡了。市长弟弟躺在床上翻看杂志。另外，有岛也无所事事地待在自己的房间里。”

“没有外出的迹象吗？”

“现在没有，后面不好说了。”

“应该不会有大的动静了吧。到八点左右，你那边就可以撤了。我想跟你还有冈本君商量点事情。”

“明白了。”

放下电话三十分钟之后，冈本又打电话进来。

“问过了……关于客货两用车，‘矶野’没有从街坊处借来再转给别人，我问过店里两三个人，确实没有。另外，工作服也没有借来又转借给别人过。”

“是吗？”

田代并没有失望。他派部下去矶野餐馆调查，只是出于慎重而进行的确认。

田代刚才将商标装入信封一同发往了北海道警署，此刻忽然意识到回复可能还不够快。因为市长遗孀一行正在东京，而再有两天，他们就要离京返回了。无论如何，他希望在两天之内找出线索。

田代拎起话筒，向总机吩咐道："北海道有个栗山町，麻烦帮我查下电话号码，我想接通一个叫矢野源藏的人的家里，他做酿酒生意的。"

等待电话接通时，田代支着胳膊肘，以手托腮，又陷入沉思中。

早川准二往家里打电话告诉家人"去海边"时，他妻子是否知道丈夫以前去过海边村？首先无法排除这个疑问。但事实上，无论他妻子或家人似乎并不知道，因为早川说出"去海边"时他们并没有立刻想到是去海边村，他妻子认准了他就是去海边。

如此看来，早川一直对妻子隐瞒着他去海边村的事情。直到那天晚上，才第一次对妻子说起要去海边村。当然也有可能，即早川也是那晚才拿定主意打算去趟海边村。但田代不这样想，他猜想早川早就去过海边村，只是那天傍晚才第一次告诉妻子的可能性更大。

为什么早川要把去海边村的事告诉妻子？

田代觉得，这其中的缘由也许同他被杀有关联。

田代制作过一份表，将本案关联人物在案件发生期间的行动全都列了出来。现在，他又摊开这张表一一查看。

春田市长在都市会馆前失踪是十一月十日晚上，其尸体被发现是十五日。这期间身在东京的相关人员有：早川准二、远山建设委员、有岛市长秘书，以及看来与案件毫无关系的几名市议员。市长夫人则始终人在北海道。市议会的福岛议长本来是十五日下午五点钟离京准备返回北浦市，但当天得知市长的死讯，和远山议员及春田雄次等人又急急忙忙从新花卷车站赶回来。

田代眼睛紧盯着这张表，仿佛要从它上面掘出一道口子似的。

电话铃响了。北海道栗山町那边接通了。

“喂喂！”田代拿起听筒，电话中是个女人的声音。

田代问男主人源藏先生在不在，隔了一会儿换成了一个老人沙哑的声音。

“我是源藏。”

他就是春田市长前妻的父亲。

“我是东京警视厅的，有点事想跟您打听一下。”

“哦，您请问吧。”电话里的声音显得从容不迫。

“我想先问一声，北浦市的春田市长不幸被害了，这事您知道吗？”

“是的，知道。”声音并无慌乱。

“警视厅现在正在调查这件案子，不过很遗憾，暂时还没有查出犯人……对了，我想打听的事情跟这件案子倒没有关系，是跟您家的‘雪之舞’商标有关……”

“商标的事？”电话中的声音好像非常惊讶。

“是的。说实话，我手上就有一张‘雪之舞’的商标，图案的整体感觉像是幅水墨画，远处一座山，山上覆盖着雪，近处有两只鹤展翅起舞，正中央印有‘雪之舞’的字样。这是您家酒厂的商标吧？”

“哦，那个呀，”源藏在电话中答道，“那个确实是我们酒厂的商标，不过是以前的旧商标，现在已经不使用了。”

“啊？旧商标？”

“没错，差不多有十年了吧。因为设计比较陈旧，所以现在换了新的图案，现在的图案把鹤放大了，占满整个商标，然后是满版的银色背景。”

“银色背景？”

如果这么说，新旧商标的区别一目了然。

然而更加引起田代注意的是，商标的更换是十年以前，那恰好是春田市长与此刻电话中这个声音的主人源藏的女儿离婚的时候。

“喂喂！”田代兴奋得叫了起来，“横滨这边也有您家酒厂的‘雪之舞’在销售，是你们向这边发的货吗？”

“不是，我记得我们没有向横滨发过货，东京那边倒是给两三间酒铺发过货。”

此时，老人的声音中透出些许不安，一定是刚才听到的事实令他感觉非常意外。

“您认识北浦市的早川准二先生吗？”

“不，不认识。”语气非常坚决。

“那么，在样似町的海边有没有你们的酒厂？就是‘雪之舞’的酿造工厂？”

“没有，那里没有我们的酒厂，我们的酿酒工厂只有栗山町这一家。”

# 戴墨镜的男子

## #1

田代警长通过电话，与北海道夕张郡栗山町“雪之舞”酒厂的矢野源藏一番交谈，了解到“雪之舞”在十年前已更换了商标。

十年前正是春田市长的前妻、源藏的女儿登志子和市长离异，回到娘家的时候。这个女人至今仍下落不明。莫非商标的更换时间，与此次市长被害案件在某个点上有着前因后果的联系？眼下依旧下落不明的春田市长前妻矢野登志子返回娘家的十年前，“雪之舞”商标也进行了调整更换，那次更换总令人觉得似乎还有其他原因。

不管怎样，海边村突然间成了田代关注的焦点。早川准二的尸体被发现漂浮在海面之前，即他离开家的时候也曾说过要“去海边”。

田代当即与北海道警署刑侦一科通电话，请他们帮忙调查一下这几件事：

1. 样似町海边村有没有“雪之舞”的酿酒分厂或者代加工厂？

2. 北浦市酿造的“北之寿”酒在样似町海边村有没有酿酒分厂或代加工厂？

3. 除了海边村，样似町的其他地方有没有酒厂？如有的话，是什么酒？谁家生产的？

4. 从样似车站共发出六桶酒，除了发往横滨的安田酒铺及另一间酒铺外，还有一桶是只发送至配送行横滨分店，这件货是由样似车站前的丸通配送行揽的件，这件货物是从哪里承揽的？

诡异的是，样似町既无“雪之舞”的酿酒分厂，也没有代加工厂，但是贴着十年前商标的酒却从那里发往了横滨。与此同时，早川准二又亲自跑到横滨东奔西走地推销这个酒。

北海道方面的回音让田代等得急不可耐，却又无可奈何。

当天傍晚时分，终于等到了北海道警署的电话。

“真是给你们添麻烦了，实在抱歉！”田代赶紧先谢在前头。

“我这就告诉你调查的结果，”对方看着材料照本宣科道，“第一，就是关于样似町有没有‘雪之舞’的酿酒分厂或者代加工厂的事，我们这边迅速与样似町方面取得联系并询问了相关情况，问下来的结果是没有；第二，北浦市的‘北之寿’在样似町同样没有酿酒分厂或代加工厂；第三，关于样似町有没有其他酿酒工厂的问题，调查下来结果也是完全没有，因为在它附近有座煤矿，所以那块地方根本不适宜酒的酿造生产；第四，关于我们这里的丸通配送行向横滨发送了六桶酒的事情，经向样似町车站前的‘丸通’调查情况是这样的，那批货是十一日早上从样似车站发出的，是从离车站两公里远的一个叫样似町海边的地方承揽的件，托运人是那儿一个名叫栗原荣吉的人。”

“栗原荣吉？”

田代有些惊讶，因为除了意料中的“海边”这个地名终于登场外，竟然又蹦出个新的名字。

“是什么样的人啊？”

“哦，这家人家以前是经营海带加工厂的。”

“海带加工？”

“样似町是有名的日高海带的产地哪，每年一到夏季，海岸边到处都可以看到晒海带的光景。那家人家原来就是从事海带加工和海带包装的，后来经营不下去了，就把工厂关掉了。再后来，那个栗原好像就一直住在那里了。”

“原来是这样。”田代思索片刻后说道，“不好意思，能否再帮忙查一下那个栗原是什么来历，可以吗？”

“好的。”

“还有，既然‘雪之舞’从那里发送出去，可是那里又没有酿酒厂，那肯定是从别处运到那里去的，毕竟有六大桶酒，估计是运输公司的卡车之类给运过去的，所以，再帮忙查一下是哪家运输公司。”

“明白了，我们会尽快查清告诉你的。”

“拜托拜托！”

挂掉电话后，田代继续沉浸于思索中。

“雪之舞”的发货地住着个名叫栗原的男子，而那里原来是一家海带加工厂，这样看来，那是栋相当宽敞的建筑。是栗原出钱买下了经营难以为继而倒闭的工厂？那么，现在这个栗原在里面做什么生意呢？

不管怎样，这些都是眼下无法解开的疑问，只能等待北海道警署的调查结果。

想想似乎也没有什么异常的，六桶酒从样似町车站发货被送至横滨，又被派送到了三间酒铺，桶里的酒的品质无从考证，但装入的都是正牌正宗的酒，这一点应该无可置疑。然而问题在于，这其中有一桶酒只发送到横滨的“丸通”分店，一个疑似早川准二的男子，身穿工作服驾驶着客货两用车取走酒之后再将它送至角屋酒铺。虽然这样，桶里装的却依然是酒。

因此说，问题不在于酒桶里装的是什么，而在于，为什么会从一个不相干的奇怪地方发货？早川准二是否介入了这件事情？

实在是不可思议。

托运一桶酒，为什么非要经过这一番反常的周折？

田代实在无法理解。

想着想着，田代的脑海里忽然灵感一现，想到一个线索，就是早川准二用来运送桶装酒的客货两用车是从哪儿弄来的。据角屋酒铺的老板说，那辆客货两用车是辆白牌照[1]的车子。

之前只想到早川在东京可能有熟人，车子是从熟人处借来的，但考虑到他在东京事实上除了女儿女婿并无熟人这一事实，这个推测有点说不通。倘若不是这样，那么车子便是早川自己所有的了。

早川当然不可能将一辆客货两用车从北海道运到东京，况且他在东京也没有场所用来藏匿车子，不用查就知道，藏在女儿女婿的住宅小区内是不可能的。

这时候，田代想起冈本关于有岛秘书站在晴海码头呆呆地望着大海的报告。有岛既不是眺望那儿的景观，也不是眺望海上的风光。晴海码头内水相当深，大型船舶可以直接停泊在岸边，将一辆客货两用车从岸边推入海中，恐怕永远都难见天日。

有岛双手抱肘站在那里眺望大海，是不是说明他已经嗅出了一点恶毒阴谋的气息？

这个有岛，之前还有一连串的古怪行为。

比如，明明和议员们一道乘上了返回北浦的列车，半途却称要去一

1　白牌照：日本私家车的牌照均为白色，故此处意谓私家车、家用轿车。

趟婶母家，独自一人在大宫车站下了车，当天直至深夜到位于横滨的婶母家为止，有岛其余时间的行踪至今没能摸清楚。

然而，有岛诡异的行为是否也可以这样理解呢？

他从大宫站下车后，立即开展了某个行动——究竟什么行动还不得而知，但肯定与春田市长被杀的案件有关。也许，有岛是在暗中调查案件的真相。

如果这样的话，那么有岛是从哪里发现线索的？从之前他的行踪来看，只能是在“矶野”餐馆。在“矶野”那里发现头绪，然后试图以一己之力去查明整个案件。看来很有必要再去“矶野”查一下。

田代之前总觉得有岛形迹可疑，现在这么一想，倒感觉可以理解了。

# 2

第二天上午十一点钟左右，青木警员从外面打电话回来向田代报告。

“警长，客货两用车的卖主找到了！”青木兴冲冲地报告道。

“找到了？是哪里？”

“离得有点远，是杉并区永福町那边一家专门买卖二手车的车行，叫安艺商会。据车行说，他们车行陈列着轿车、轻型卡车、客货两用车等各种车子，几天前有个叫早川的人办理了购买客货两用车的手续，十四日上午十点多点，付了三十六万日元把车子提走了。”

“十四日？”

十四日那天，下午三点半左右，早川准二取走了发至横滨丸通配送行，应该送至角屋酒铺的一桶酒。市长尸体被发现，则是第二天的十五日傍晚七点钟。

“你让车行的人辨认过早川的相貌了吗？”

“是的，把早川的照片给他们看了，他们说没错，就是这个人。”

“是吗？”

“我打算给卖主录一份情况说明后就回去，还有别的任务吗？”

“嗯，暂时没有，你录完情况说明后就回来吧。”

田代没有料到，自己的推测这么快就得到了证实。早川准二用来运送酒的客货两用车果然不是从别处借用，而是自己花了三十六万日元从二手车行买的。这辆车，最终可能被丢进了晴海码头前的大海中。

早川为什么要做这样贴钱的事呢？如果仅仅为了运送一桶酒，根本没有必要白白丢掉这么一大笔钱。

送往角屋酒铺的酒只发送至横滨的丸通配送行，这种做法也非常奇怪。为什么这桶酒不像发往安田酒铺和冈田酒铺的酒一样，由配送行送上门呢？

这里面一定有特别的用意。

可是，酒桶并无可疑之处，桶里装的确实是酒，而且从北海道样似车站发送的六桶酒，一桶不少也确实送到了横滨，不存在弄虚作假。

田代抱着脑袋陷入沉思。

三十分钟后，北海道警署来电了。

“关于昨天询问的事情，”还是刑侦一科那名警员的声音，“海边村的栗原荣吉是个七十岁上下的老人，以前在煤矿管仓库。那家海带加工厂倒闭之后被别人收购，那儿也就成了别人的物业，他又成了那儿的看门人。这个人耳朵有点聋，视力也很差。”

“这样的人怎么能当看门人哩？那么，那个买下海带加工厂的人又是谁呢？”

“是北浦市的春田英雄，就是在东京被杀害的市长先生。”

“啊，春田英雄？！”田代情不自禁地叫起来，“这是真的吗？”

“根据我们的调查，绝对没错。还有，被收购的海带加工厂现在被闲置着，根本没派用场。据说，原来的海带加工厂老板跟春田英雄先生是熟人，所以央求春田先生买下来的。春田先生大概觉得以后可能会派上用场，所以廉价收购下来，后来就一直废弃在那里了。”

“原来如此。”田代喃喃道。

现在仍然弄不明白的是，从海边村托运贴有“雪之舞”旧商标的四斗桶装酒这件事。迄今为止，已经多次听说了春田英雄与早川准二不仅政治立场不同，而且两人之间完全不存在私人交往。那么早川为什么非要在横滨推销从春田拥有的海边村的物业中发送出去的酒呢?

“那个酒呢，”电话中的声音继续着，“是家叫日高运输的货运公司从北浦市的春田家酿酒工厂发的货。”

“啊?就是生产‘北之寿’的酿酒厂对吧？”

“是的，正是春田英雄先生的酿酒工厂发的货。”

这下，田代的脑子登时变得一片混乱。

放下电话，他竭力整理着自己的思路。

——春田市长家酿造的酒，那就是“北之寿”。六桶“北之寿”桶装酒被运到春田所拥有的梓似町的废弃工厂，恐怕就是在那儿被贴上了旧的“雪之舞”商标，然后以看门人栗原荣吉的名义通过丸通配送行由铁路托运至横滨。横滨的酒铺是通过早川准二下的订单。早川准二将政敌春田英雄家的酒冒充“雪之舞”东奔西走到处推销。这样一来，早川死前离家时说“去海边”也就说得通了。

难道推销酒是早川准二的副业?作为地方议员，利用公出进京的机会推销当地出产的酒,实在难以想象,这其中一定隐藏着什么精妙的计谋。

因为首先，早川绝不会替政敌春田市长吆喝卖酒，而春田市长也绝不可能配合早川做生意。

那么，这二人的关联究竟是怎么回事呢？

田代顺手拿过一张纸，用铅笔在上面试着比画：

春田酿酒工厂发出六桶酒→→春田英雄拥有的样似町海边村废弃工厂（看门人栗原荣吉）→→经由丸通托运至横滨→→安田酒铺（本牧，3 桶）、冈田酒铺（樱木町，2 桶）、角屋酒铺（藤棚町，1 桶）。

毫无头绪。

唯一明确的事实是，早川准二在杉并区的二手车行买走客货两用车是在十四日的上午十点多一点。从那儿到横滨就算耗时两小时，到达横滨应该是下午一点钟，这样的话，他去横滨车站前的丸通配送行取走送往角屋酒铺的货物是下午三点半左右，虽然稍稍嫌迟，但也还算是合乎情理。

# 3

田代警长往神田区的“银月会馆”拨通了电话。春田市长的遗孀正好在房间。

“是夫人吗？想必您一定很着急吧？”田代寒暄道。

“哪里，给你们添了好多麻烦，真过意不去。”

“夫人今天有什么安排？”

“明天下午就要回去了，所以今天是想着上街去购物的，这不正打算出门呢。”

“哎哟，那真是打搅了……是这样的，我有点事想请教一下。”

“您请说。”

“十一月的十日，有六件物品从您家发往样似町海边村一个名叫栗原荣吉的人收，夫人您知道这事吗？”

对方略略迟疑了片刻，似乎在回忆。

“哎，确实有什么货物发送出去，那是我先生去东京之前吩咐的事情，详细的我不太清楚。”

“哦，是吗？”

电话里言之凿凿地说这批货是春田市长安排发往海边村的。

这样说来，发往横滨也是市长指示的？

“哦，不，这我就不清楚了。”这是夫人的回答，语气沉着，也没有丝毫踌躇。

“那么，听说市长弟弟雄次先生经常来酒铺这边帮忙，他会不会知道？”

“您稍等一下，我让他听电话。”

稍后听筒中传来雄次朴讷的声音：“刚刚听嫂子讲起，我完全不知道这个事情。我猜想也是哥哥的安排吧。”

“可是，您不是经常去春田酿酒厂帮忙的吗？”

“是，这个倒是没错，不过……我也有自己的铺子要照看，不可能每天都过去帮忙的，呃……大概三天去一次这样的频率吧。所以，发往横滨六桶酒这事我也不知道，应该是哥哥去东京之前安排好的。”

“噢，那谢谢了！麻烦你把电话再交给夫人听好吗？”

“好的。”

市长遗孀重新拎起电话。

“不好意思啊，一遍遍地麻烦您……夫人知道样似町海边村的栗原荣吉这个人吗？”

“啊，这我知道。我先生收购了那里的一个海带加工厂，想着将来兴许能派什么用场的，不过现在只是闲置在那儿。栗原先生是安排在那儿管理那个厂房的，可是他年纪也大了，耳朵又聋，实际上也就是个类似看门人的角色。”

这与北海道警署的通报完全对得上。

“您家从海边村发出的货物，就是经刚才提到的栗原荣吉之手，被撕去标签、重新贴上‘雪之舞’的商标，然后送到了横滨，六桶酒全部送去了那里。这个事情夫人也不知情吗？”

“啊，我一点也不知道呀。”

“那个酒是早川准二在横滨下的订单。”

“早川先生？”电话中夫人的声音显得十分惊讶，“简直无法相信。听您这么说我才知道，在我的记忆当中，我先生从来没有委托过早川先生帮忙销售过我家的酒啊……”

“多谢了！”

礼貌地致谢后田代挂断了电话。

真不可思议。

春田市长为什么在进京之前做出这样的安排？

按照两人所说，春田市长与早川准二没有任何私人交情却做出如此安排，这件事情实在匪夷所思。

早川进京之后，除了去过一次位于郊外的女儿女婿家，其余时间跑东颠西地投宿于横滨一带，似乎正是在等待从北海道托运发出的酒送达。他为什么如此关切这几桶酒？

酒并不能立即兑现为现金。假如一手交货一手收钱，那为了尽快拿到货款落袋为安而心焦不安是可以理解的，可事实并非如此。听角屋酒铺的老板说，回款要等到一年以后。不管多不景气，恐怕也不会以一年后收账这样优厚的条件兜揽订单，何况还以这个条件为香饵让横滨三家酒铺第一次进了货。为了送货，早川还自掏腰包花了三十六万日元。客货两用车被丢弃进海中当然只是推测，但根据调查，截至目前尚未得到这辆车被再次卖出的线索，所以弃之大海的可能性还是存在的。

田代眼前又浮现出有岛秘书站在码头岸边的身影。

这个有岛，看来对案件掌握了不少情况。然而，之前对他问询时他并没有如实告知他掌握的情况。

田代觉得，那辆客货两用车与春田市长之死有着密切的关系。因为如果单单为了送货，早川没必要花大价钱去买辆车子。

这时，田代脑海里闪过一个念头——会不会还有其他途径?

他将地图再一次摊开在办公桌上，距离样似町最近的城市是带广，而且带广市有机场。

带广机场和样似町……飞机……田代盯着桌上的地图，呼吸变得急促起来。

## #4

田代给航空公司的办事处打了个电话。

“飞机托运货物的话，限制重量是多少？”

“是国内航线吗？”

“是的。”

“不是指的手提行李吧？”

“不是，就是普通的托运行李。”

“那按规定是不超过一百公斤。”

一百公斤的话，四斗的桶装酒绝对在限制范围以下，唯一还必须考虑的是体积方面如何规定。

“体积呢？”

对方回答道：“只要不超过一点六米乘零点六米乘零点五米就可以。”

“那么用草窝包着的桶装酒可以托运吗？”

“桶装酒？”对方的声音似乎有点困惑，“当然不能说绝对不可以托运，但如果不是用栅条固定、包装得十分紧实的话，半途中有可能会破损的。”

“飞机托运酒的情况以前有过吗？”

“当然有，不过现在基本上都是瓶装的，桶装的还真不好说。”

“最近，有没有从北海道那边托运过来一桶酒？因为这涉及一件案子的侦破工作，所以想麻烦您帮忙查一下。”

“明白了，请稍等一下。”

隔了大约三分钟，对方又返回来：“喂喂，查到了！”

“怎么样？”

“确实从带广机场托运过来一桶酒，因为这种事情很罕见，我一查看见这个也很吃惊哩。”

田代兴奋起来：“果然有这种事吧？对了，托运人是谁？”

“是带广市东四条的木村吉雄先生。”

“嗯？”

田代稍觉意外，但随即又想，这也可能是个假名。

“托运到什么地方？”

“托运到羽田机场，收件人是木村又三郎。”

“托运到羽田机场的意思是收件人自己来取？”

“是的。”

“麻烦你告诉我一下准确的日期和时间。”

“航班号是十一月十四日的152航班，所以到达时间应该是十一点二十五分，但是收件人一点钟以前就到了。”

“十四日下午一点钟对吧？”

日期和时间都吻合。

“知道了。过些时候这边会派一名警员前去了解详细情况，到时还请你们多多配合。”

田代挂断电话，立即叫来了冈本。

“……情况就是这样，十四日确实有一桶酒托运过来。你去查一下那个收件人的相貌。对了，与其东问西问的，不如直接把早川准二的照片拿给对方辨认一下更简单。”

“明白了。”

“对方说是下午一点钟，从提走客货两用车算起，加上路上的耗时，时间上吻合的。早川从杉并区的二手车行提车是上午十点多一点，然后到羽田机场正常大概一点半左右，假如路上不拥堵，就用不了这么长时间。然后再从那里开到横滨市‘丸通’，这么推算下来这三处时间上全都吻合。”

“警长，酒桶里面装的是什么？”

“这个嘛……”田代的嘴角终于露出一丝笑容，“走铁路托运的六桶酒全部正常送到了横滨的三间酒铺，可是同一天从北海道还托运来一桶酒，这桶酒最终被送到哪儿去了？托运人、收件人，应该全都是凭空捏造的名字。”

“警长，莫非……”

——没错，正是这“莫非”。

但这只不过是假定，如何将假定变成断定，仍必须对所有线索进行综合分析，相关材料也必须做到完整齐全。

冈本出去后，田代决定直接向带广机场打电话，通过北海道警署的话又要花费更长时间。随着破案到了最后的紧要关头，田代有点急不可耐了。

田代表明了自己警视厅的身份，然后找来了负责国内货运的业务员来听电话。

“那个桶装酒呀，”对方查过记录后说道，“是十一日下午三点钟左右收到的货。”

“什么，十一日？不是十四日发的货吗？”

“是的，不过，最近利用飞机托运货物的突然增多，所以只要是不会腐烂变质的货物，我们都尽量挪到后面运送，像鲜鱼等极易腐坏的货物则优先运送。这件货因为是桶装酒，所以延后了三天才运送。”

“这是事先跟货主说好的吗？”

“是的，事先征得了货主的同意。货主问什么时候可以发送，我们回答他大概得等到十四日上午的航班，货主说了声‘那拜托了！’就走了。”

“这件货是您经手的吗？”

“是的。”

“那桶酒不是配送行运送来的对吗？”

“不是，是货主自己送来的，好像是客货两用车之类的装着来的。”

又出现了客货两用车。

“那桶酒是什么牌子的酒？”

“牌子是‘雪之舞’。”

“我想再确认一下，发货人是带广市东四条的木村吉雄，对吗？”

"对。"

"您看到过发货人的长相吗？"

"不知道是不是本人，送货来的人头戴工作帽，还戴着一副墨镜。"

"嗯？工作帽加墨镜？有多大年龄？"

"记不清楚了，我想大概四十五六岁吧。"

"四十五六岁？"

无论是谁，一眼都看得出早川准二已经六十出头了。

"那个人不是六十岁左右吗？个子高高的，体格健壮……"

"不是，没那么大年纪。还有，个子也不高。"

"长相什么样？"

"这个我刚才也说过了，真的记不清了，脑子里只记得住这些了。"

"谢谢！"

田代一边询问一边做着记录，回过头又重新仔细推敲着。

对了，早川不可能从带广机场托运那件货物，因为那个时候他已经人在东京了，十一日上午十点钟左右还出现在女儿女婿家。不经意中，早川竟然有了无懈可击的不在场的证据。

那么，这件货物的收货人跟发货人会不会是同一个人呢？

一个小时之后，去羽田机场了解情况的冈本打来电话报告。

"警长，从带广托运来到达的那件货物的收货人就是早川准二！我让他们辨认了照片，业务员一眼就认出来了，说就是那个人。"

从杉并区的二手车行提完车，到开着客货两用车前往横滨车站前的丸通配送行提货，这中间的时间空白天衣无缝地被填补起来。

可是，现在又有一个目标登场了。在带广机场托运那件可疑货物的人，是个与早川准二毫无相似之处，年纪四十五六岁，戴着副墨镜的男子。

# 交错点

#1

在带广机场托运货物的，是个自称木村吉雄的戴墨镜的男子。“木村吉雄”很可能是个假名。但此人显然不是早川准二，因为这天早川已经在东京了。

这样，只要理一理与这个案件有关的人物中有谁十一日那天逗留北海道，自然就能锁定范围了。

但通过飞机托运的酒桶里面装的究竟是什么？

田代警长上附近酒铺借了只四斗装的酒桶来，然后打开桶盖，试着装一个人进去。

春田市长身材瘦小，身高一米六零，体重大约五十公斤。田代在警视厅内找了个身材与之差不多的警员，让他钻进酒桶。结果，尽管非常逼仄，还是能够容下一个人，但只能采取双腿弯曲、两手抱膝、下巴抵住膝盖的痛苦姿势。

这样的姿势恰似一种屈葬的姿势。

田代想起从北九州地方的古坟中发掘出的瓮棺[1]。瓮棺中的白骨，有着和此时参与模拟实验的警员一模一样的姿势。

也就是说，“屈葬”的这种姿势，是由于容积的条件限制应器而生的，倘若容器或是瓮棺或是酒桶之类，那么自然会出现这样的埋葬方式。在日野市现场发现的春田市长的尸体，那身体稍有点蜷缩的情形也浮上脑海，尸体的僵直状态随着肉身渐渐腐坏而有所松弛，但仍能看得出几许屈葬的姿态。

市长不是在东京被杀的，而是在成为一具尸体后从北海道运到东京的！

“真叫人吃惊啊！”

看到这样的模拟实验，冈本和青木都不由得发出感慨。

“市长是在东京失踪的，尸体又是在东京被发现的，谁都会认为市长是在东京被害的，这应该就是犯人想要的结果。”田代双手抱着肘说，“我也一直被蒙骗到现在哪。”

“要是这样的话，那还有一件事情有点不可思议啊。”青木开口道，“春田市长十一月十日晚上在都市会馆前与有岛秘书分的手，如果说他在北海道被杀，就是说市长回到北海道的时候还是个大活人？”

“是这样的。”

“那也就是说，市长是被谁强行弄回北海道去的？这个好像不大可能吧？再怎么说也是一市之长啊，怎么可能服服帖帖地对方说回去就跟着回去呢？如果说市长失去了人身自由给带回北海道的，这也几乎是不可能的啊。”

“也有可能市长是出于自己的意愿返回北海道的啊。”田代说。

“哦？那又是怎么回事？市长不是约好了第二天要去拜访有关部委的

1　瓮棺：用于埋葬遗体的土器或陶器，日本在绳纹时代晚期主要用来埋葬婴幼儿，弥生时代盛行于北九州一带，作为一种埋葬方式在日本各地持续至中世和近世。

吗？怎么会把如此重要的工作丢到一边，自己返回北海道呢？”

这时实验已经结束，田代等人走回自己办公室，讨论则仍在继续。

两名警员分坐两旁，将田代围在中间。

“你们应该也听说，春田市长之前进京时，吃过晚饭后常常会离开大家独自行动，谁都不知道他去了哪里，对不对？”

“对，我们在调查时听说过。”冈本回答。

“还有一件事情，每当这种时候，市长总是夜宿在外面，不回旅馆睡的，这个你们也知道的对不对？”这个证言是从有岛秘书那里得到的。

“是的。”

“这种情况你们怎么看？”

“呃……”两名警员互相对视了一下，随后答道，“市长在东京有一个不为人知的秘密落脚点，我们觉得他应该是去了那里，换句话说，事件背后有女人的影子。这个从有岛秘书对议员们解释市长没有睡在旅馆里的理由时遮遮掩掩的行为中也可以看出端倪来。”

“不错，是这么回事……我一开始也是这样想，可是，有岛秘书竭力想掩盖的可不是那么简单的事情。他知道的市长的秘密，比我们知道的多得多哩。”

“……”

“就是说，他在一定程度上知道了市长夜宿不归的原因，因为市长回了北海道！”

“回北海道了？”两名警员差点张口反驳道“这是绝对不可能的”。

“别急，你们先看看这个。”

田代用手势制止住两人，从桌子上拿过来一张航班时刻表。他指着其中一行给两人看，那是日航从羽田机场飞往札幌的末班机，晚上八点起飞，飞抵札幌千岁机场的时间是晚上九点四十分。

"回来是这个。"

田代又指着下面一行，从札幌机场起飞的时间是早上八点二十五分，到达羽田机场是九点五十分。

"明白了吗？从羽田机场乘车到市中心估计需要四十分钟，十点半稍稍过一点市长就可以回到都市会馆或者直接去哪个部委露面，虽说稍嫌有点迟，但假设他前一晚在某个秘密地点过的夜，这个时间赶回来也不会让人觉得有什么破绽，反正还有有岛在同行的议员面前拼命掩饰呢。"田代继续解释道，"这样，市长就可以在北海道停留一晚了。"

"九个多小时……可是，市长为什么要掩人耳目偷偷地飞回北海道呢？"

"他回自己家了。"

"回家？"两名警员面面相觑，"可是警长，为什么非得……就算回趟家也只剩下睡觉的时间了呀。"

"不不，是这样的，其实只要一个小时就够了，甚至只要十分钟、二十分钟，市长回家的目的就达到了。"

"哦？为什么？"

因为做过模拟实验，得出酒桶里装得进一个人尸体的结论，田代显得轻松多了，当然分析起来也更容易了。

"在告诉你们为什么之前，先来解开另一个疑问。"他自信地说道。

## # 2

"先说一说飞机托运的事。我注意到这个，不单单是因为那只酒桶是被飞机托运送到羽田机场的，”田代对两名警员解释着，“我是从有岛的可疑行动中得到的启发哪。”

“因为他在大宫站中途下车？”

“不光是这个，包括有岛站在晴海码头岸边眺望大海，以及有岛的所有行动。所以，我再次把有岛在横滨六个半小时的时间空白进行了一番推理。”

“……”

“他为什么要在大宫下车？下车后他去了哪里？我对这个问题一直丢不下。大宫虽然距离他投宿的横滨不远，但是做任何事情都要耗费相当多的时间，于是我猜想，有岛会不会是到羽田机场去了？当然，想到羽田机场也是因为得到了刚刚说到的那个启发。”

“嗯……”

“那个启发等会儿再说，我先接着往下说。其实有岛早就意识到了，所以他想到了去羽田，我倒是到后来才意识到这一点的。不过，因为他秘书的身份他的行动受到一定的限制，况且又不能让同行的议员们有所察觉，所以，十五日傍晚和议员一行一同乘‘山神’离开东京之后，他找个理由说是要去趟横滨的婶母家，中途下了车，去婶母家当然纯粹是借口，他一下车就直接去了羽田机场。”

“……”

“有岛了解某些内情，知道市长不在旅馆过夜的时候，有可能是回北海道去了，并且推测市长是搭乘末班机回去再坐早上第一班飞机返回东京，他肯定猜想十日晚上市长也是这么做的，所以就到羽田机场去，找到日航的办事处，并且查阅了乘客的名单。”

“乘客名单上有市长的名字吗？”

“没有，因为市长肯定是用化名乘坐飞机的。其实他不是为了查找市长的名字，有岛是想查没有登机的乘客的名单。也就是说，他以为市长在东京某地被杀害了，并没有上飞机。有岛至多也只能做这样的推理了，他根本想不到市长的的确确乘坐了这次航班。”

“市长如此大费周折返回北海道，到底是为什么呢？”

“终于问到这个问题了，有岛可比我们更早就注意到了这个问题，嗯，这也没关系，你们又是蹲点监视又是到处调查，忙得顾不上细想嘛。”田代下意识地双手交叉，“你们知道市长经常在会馆的大堂用公用电话往外打电话，对吗？”

“是的，警长说过，有岛提供过这个情况，所以我们认为市长在东京肯定有别的女人。”

“那你们查到市长在东京打出电话的对方是谁了吗？”

“这个……还没有。”

“没查到吧？所以我们可以换一个思路，市长在东京并没有女人，他是在往北海道打电话。”

“原来如此……北海道的什么地方？在自己家吗？”

“不是自己家。”

“啊，明白了，是他弟弟雄次的店铺。”

“也不是。不过，跟这两家都有关系。”

“怎么讲？”

“这是我从北海道警署那里听来的，市长每次出差来东京时，都要往北浦银座街一间叫吉井的杂货铺打电话，询问妻子美知子情况如何。我当时听了也没太在意，后来又老放不下，就直接打电话到吉井家去确认过，据说这事在当地传为了美谈，表明市长对妻子非常关爱。”

“哦，可是让人有点不明白哪，那电话什么意思？”

“不要着急嘛。不是说这间杂货铺在北浦银座街上吗？市长家还有雄次的家也都在这条街上，市长出差进京的时候，就会用大堂里的公用电话给那家人家打电话，让她逐一报告自家的情形以及弟弟雄次家的情形。”

“可是，市长为什么要这样做？啊，难道说这两个人……”

“没错，就是这个‘难道’！”田代像是故意逗两名警员着急似的，说到这里停下来，喝了口已经搁凉的茶水，又接着说道，“这下大致明白了吧？”

“可是，那个叫吉井的人，她怎么去调查别人家呢？还有，她跟市长家又是什么关系呢？”

“那个女人年轻时在春田家做过工人，跟市长很熟，所以这么一点点事情很好托付的呀。”

“但是，总归不太好意思吧，让街坊帮忙做这种事情？”

“当然不会挑明开来的，不会直接说让她帮忙查查妻子跟自己弟弟乱搞的情况。但是他如果电话里说，我出来总有点放心不下家里，能不能帮我查看一下情况，可如果让我老婆知道我打这样的电话会很难为情的，所以请你不要声张，这样对方听了只会认为市长是个爱妻子的好男人，于是也就悄悄帮他去查看了。”

“唉，原来是这么回事啊！”青木警员忿忿地说道。他是为自己的愚钝而生气，竟然一点儿也没有觉察到美知子与雄次的关系。

“因为这样的原因，”田代对青木的忿忿毫不理会，他继续说道，“市长每次出差进京就给吉井家打电话询问家里情况，听到妻子在家便安心了，假如不在家的话，就会心烦意乱，焦虑不安，以至于亲自飞回北海道想一探究竟。”

“可是奇怪呀，这么频繁地往家里打这种电话，就一次也没有泄露给外人知道吗？”

“所以呀，这不是泄露出来了嘛，在当地这件事情被传为美谈，可巧北海道警署的警员在调查时也听到了。所以说，市长是被人杀死的。”

“这个又是如何推断出来的呢？”

“我后来仔细推敲了，所有事情全部都串得起来，这个等下再详细说，先说有岛的事……”

“有岛也觉察到市长是回北海道了，对吧？”

“是的，当然有岛觉察到这个是在市长失踪之后，在这之前我觉得他并没有觉察出来。所以我推断，有岛十五日晚上应该是去了羽田机场，我给那里的日航办事处打电话问过，的确有一个很像有岛的男子前去查阅过乘客名单，不过我刚才也说了，他查阅的是预订了航班却没有登机的乘客名单。”

“那倒是，因为有岛根本不知道酒桶的事情啊。”

“这就是普通人的局限性啦。不过，多亏了他东找西寻地挖线索，让我终于把握了整个案件的轮廓，从这个意义上说，他替我们立了大功哩。”

两名警员也赞同这样的说法。

“但是，最关键的是十日晚上。”

田代语调略转说道：“市长搭乘日航的末班机当天晚上九点四十分到达千岁机场，然后赶回北浦车站，开走停在车站前停车场的自家轿车，朝样似方向一路开去。北海道的道路条件不错，车子又少，一百五十公里的路程两个小时就可以开到了。”

两名警员相对一望。案件进入到侦破后期，他们才开始关注到这个海边的小地方，想不到它与案件竟有着如此重要而紧密的关联。

“说到这里，你们应该也能大致推断出是怎么回事了吧。”说着，田代慢悠悠地点起一支烟，“暂时还缺少这个案件的完整证据，所以我的推断跟你们的推断是一样的。春田市长收购的样似町那家加工厂，现在就跟个杂物仓库没什么两样，安排了一个耳朵又聋眼睛又看不清楚的老头在那儿看门，那只可疑的酒桶就是从这里发出的。这样一来，你们也想象得出市长夫人美知子和市长弟弟雄次两人利用这个闲置的废旧工厂的仓库，在里面做些什么事情了吧。”

“……”

“两个人早就有了不正当的关系。但是，北浦市内肯定不适合他们幽会，因为那么小个地方耳目太多太杂了，今天打个喷嚏，明天早上五里以外的村子都能听到，于是他们便想到了远离北浦市的样似町海边村那座闲置的旧厂房。”

“要说幽会地点，北浦市附近还有登别温泉旅馆，为什么不利用那样的旅馆呢？”

这个问题问得合情合理。

“那是因为，这两人还有更进一步的计划，就是打算有朝一日要杀死春田市长。”

“雄次杀自己的亲哥哥？”

“没错。市长夫人以前是札幌的酒吧老板娘，那个时候，雄次也常常出入那间酒吧，从这层关系看，两个人深陷这种不正当关系应该是夫人与市长结婚之前。”

“可为什么非得要杀害市长呢？”

“这其中的原因，恐怕还是在雄次身上，妻子主动招诱丈夫的弟弟把自己的丈夫杀死，这种事情好像不太可能吧。”

“雄次的杀人动机是什么呢？”

“侵吞哥哥的财产。你们出差去当地也亲眼看到了吧，雄次是杂货铺小老板，非常具有经营头脑和经营手腕。但是，在地方小城市开个杂货铺能有多大的发展空间？作为一个男人谁都怀有雄心壮志，想着把自己的事业做大，事实上，他已经有准备向札幌发展的迹象呢。这个人乍看上去老实厚道的，但绝对是个不可掉以轻心的人哪。竟然趁哥哥不在家，跟自己的嫂子搞上了，从这个当中不也能看出他其实是个手段了得的人物吗？”

两名警员深吸了一口气。

“我之所以会关注到雄次，是因为那只可疑的酒桶由带广机场托运过来的缘故。那只酒桶是十一日托运的，所以身在东京所有与案件有关的人员全都有不在现场的证明，早川准二也好，有岛秘书也好，远山议员和其他议员也好，统统都在东京……留在北海道、跟案件有关的人就只有市长夫人和市长的弟弟雄次了，你们说是不是？”

“那身在东京的早川，又是如何跟市长被害牵扯上的？”

“他是雄次的共犯。”

“什么？！早川……”两名警员诧异得目瞪口呆，“为什么？”

“我也不知道。”对这个问题，田代彻底觉得无能为力，“革新派的早川准二议员演变为杀害市长的帮凶，一定是有非常深刻的原因的，而且，正是这个原因殃及他自己，才落了个溺死在北浦港湾的结局，不过其中的具体情况还不清楚……我刚才讲到，雄次为了侵吞春田市长的财产而与市长夫人合谋将其杀害，但我感觉雄次之所以心生杀意可能还有其他因素，他可能利用这个因素将早川拉入自己一伙，从而共同实施了杀害春田市长的犯罪行为。”

两名部下不住地点头。

# 3

“我准备马上向科长报告，召开紧急案件分析会议，在这之前，我想把我的想法先跟你们两个通下气。”田代看了两人一眼，继续说道，“先说酒桶的问题。那个在带广机场托运货物的戴墨镜的男子，自然就是春田雄次。再回过头来讲市长。市长晚上九点四十分到达札幌，开车赶到样似町的闲置厂房。显然，他之前已经打电话确认过夫人不在家，估计就是用都市会馆大堂里的公用电话打的……根据这一点还可以推测，市长以前也经常搭乘末班机往返于两地，但却没有抓住两人出轨的证据，所以，他无论如何想抓个通奸的现场。这就是他煞费苦心，又是给街坊邻居打电话，又是在繁忙的公务中见缝插针，蜻蜓点水般地连夜飞回北海道的原因。”

“原来是这样。”

“然而我猜想，雄次应该也隐隐约约觉察到了哥哥的举动，因为他也听到了市长每次出差进京都要往街坊邻居家打电话的传闻，或者是他亲自去札幌机场调查过。总之，那天晚上两人故意离开各自的家，诱骗市长回北海道。前面我否定了他们把幽会地点选在旅馆的假设，因为即使把市长引到那里也无法实施杀人行动。但是在那座闲置工厂里的话，随处都可以下手，厂房很宽敞，藏匿尸体十分容易，而且，看门人又耳聋听不见。”

田代歇了一口气，青木提起茶壶替他续上水。

“市长果然寻至样似町的闲置厂房，那是十日晚上十点半多点。我猜想雄次是故意不将门窗上锁，加上市长对厂房内部熟门熟路，他悄悄进去，蹑手蹑脚地搜寻弟弟和妻子幽会的现场。雄次早已严阵以待候着了，突然扑向市长，到底年轻力壮，很快就把哥哥按倒在地，用领带缠住市长的脖颈，用力勒紧。不难想象，这时候市长夫人也从旁帮了一把。”

“想必就是那样的。”两名警员向前探出身子，听得入了迷。

“雄次这次要把进京的哥哥诱骗回样似町的计划，从他让同伙早川议员火速进京当中也可以推断出来，因为早川并没有需要进京处理的公务……早川和雄次之间肯定是达成了细致的合谋，也就是早川和市长同一天进京，等装有市长尸体的酒桶运到横滨后，负责找一个埋尸地点。假如货物托运到了，但没有计划好下一步掩埋在什么地方，就会手忙脚乱，事情就麻烦了。”

“……”

“早川选中了武藏野那一带的荒寂杂树林，他女儿证实了，他鞋子上沾满了红色泥土。”

“真是耗费好长时间才想出来的这么一个缜密计划啊。不过真想不到早川会帮他干出这种事。”

“是的，在这一点上我也觉得很困惑，找不出任何理由让早川如此憎恨市长啊。”田代神色怅然地说。

“就是啊，早川和市长在政见上确实有分歧，市长主张尽快扩建北浦港湾，早川则针锋相对地表示反对，在市议会上激烈交锋，可是，这种政见之争即使发展成个人间的相互厌憎，也不至于到杀人这一步啊。”

“可不可以这样推测，早川可能有什么把柄攥在雄次手上？”冈本试着说道。

“完全有可能。”田代点点头，“整个案件综合起来分析，确实让人感觉到雄次是在操纵着早川。将尸体装在酒桶里托运这个主意估计是雄次想出来的，上门推销酒肯定也是雄次的点子，还有，那个‘雪之舞’商标，酒其实是春田市长家酿造的‘北之寿’，只不过将商标调了包。那个商标是十年前商标更换之前的旧商标，而那段时间恰好与市长前妻登志子失踪同一个时间，这恐怕也是本案的另一个谜哪。”

“是啊。”两名警员抱着肘若有所思。

“那个商标是市长前妻登志子的娘家、夕张郡栗山町的矢野源藏家的，因此可以断定，那是登志子从娘家带来的。”

“为什么要这样做？难道雄次早就预见到十年后要杀人，所以叫登志子从娘家带来的？还有，为什么非得是‘雪之舞’不可？贴上‘北之寿’的商标也不妨碍他的杀人计划呀！”

“噢，这就是所谓的犯罪心理在作祟，凶手总是想尽量让犯罪线索远离自己呀。而且说到这个，‘北之寿’完全是个地方品牌，在东京恐怕连名字别人都不知道，而‘雪之舞’酒在东京多少也有得卖，至少酒铺听说过这个品牌，也许他也有这方面的考虑吧。当然，假如‘雪之舞’酒厂接到追加进货的订单，这个骗局就不攻自破了，所以，充其量这只能是蒙混一时的伎俩。”田代表情凝重地说完，又喝了一口搁凉了的茶，“说到酒的商标，顺带说一说酒桶……”

青木插嘴道：“问题是，为什么非要大费周折地把市长的尸体运到东京来呢？”

“那是为了造成市长在东京被杀的假象啊。如果尸体在北海道被发现，很自然地就会怀疑到雄次和市长夫人，为了把自己置于嫌疑范围之外，同时扰乱侦查视线，就必须让尸体在东京被人发现。”

“从样似町海边村闲置工厂发往横滨的六桶酒，是在市长出差进京时，由雄次委托配送行从北浦市运送到样似町海边村的，对吧？”

“是的。雄次时常去他哥哥的酒铺帮忙，所以做起这种事来并不难，况且还有市长夫人参与合谋，更是轻而易举。”

“将尸体装入酒桶，而且不是只发送一只，这是雄次的计划中的高明之处吧？”

“是的，只发送一只酒桶会让人生疑，托运六只就一点也不奇怪了。只是，这样的话就必须确保在东京附近有销售渠道，才可以把六只酒桶送过来，而开拓销售渠道就是早川的任务了。”

“尸体是装在那六只酒桶里，还是装在后来由飞机托运来的那只酒桶里的呢？”

“我估计是第一批发送出的六只酒桶里吧。”田代歪着脑袋答道。

“就是送到角屋酒铺的那只？”

“对，就是发货只发到配送行的那只。桶里装有尸体，所以假如这只直接被派送到酒铺就坏事了，这样无论如何还需要一只装着真酒的酒桶。也就是说，要想调包就必须要有七只酒桶，这只酒桶运送到机场后由早川去取货。同时，发送到‘丸通’横滨分店的那只装着尸体的酒桶也是他去取货。这个调包过程相当费时，一点半从杉并区的二手车行赶到羽田机场，取走酒桶，三点半赶到‘丸通’，调完包之后四点二十分再把酒桶送到角屋酒铺。”

“原来如此啊！”

“这里还有个要点，就是早川准二无论到哪里，都驾驶着客货两用车，穿着工服……你们想，我们调查市长尸体是怎样被搬运到日野现场的花了多少工夫，可是出租车、包租车等营运性的运输工具中都没有发现可疑车辆。但客货两用车是很常见的车型，从目击者的角度来说反倒成了盲点，所以，我们的调查之所以遗漏了这一点，是因为沿途的目击者忽视了配送酒桶的客货两用车，把它排除在外，根本没有向我们提供。”

“警长想得太周到了！……但我还有一个疑问，就是雄次必须从北浦通知早川告诉他市长的尸体已经运送到东京了，因为市长即使去了样似町的闲置厂房，也未必一定被杀害嘛。”

“那当然，他们之间肯定有过联系。所以，我推测早川应该是在十二日接到电话得知实施杀人的消息，因为尸体是十一日通过铁路货运发出的，十二日两人在电话中把一切都商量妥当。由于这次实施杀人的可能性极大，所以早川尾随市长进京，提前找好了埋尸的地点。”

“就是早川在横滨频繁地换旅馆对吧？”

“他是在等待货物到达，还有就是万一警方调查追踪的话，对于来路不明的住宿客连住三晚会产生怀疑，只住一晚的旅客到处都有，所以他才这样做。”

# 4

“有岛秘书之前的推测也肯定没有料到这一点，因为他压根儿没想到会用酒桶装尸体，他肯定是猜测市长前往羽田的途中被早川杀害了，早川再把尸体搬运到现场。但是，因为警方在调查搬运尸体的运送工具，却始终没发现可疑的出租车或包租车，所以他也想到了客货两用车，他猜测车子的下落，思来想去，有岛得出的结论是车子被丢弃到海里了。至于一辆车子能够完全沉入海底的地方，最能联想到的便是晴海码头，所以有岛站在码头上眺望大海，原因就在这里。多亏了他的这一举动，让我也得到了启发哪。”

“是啊。”两名警员思索片刻，说道，“早川准二回到北浦后不久就溺水身亡，是不是也是雄次干的？”

“那当然了。早川准二不是说起过要去海边村吗？从这点上看，早川显然早就知道雄次在样似町海边村有什么见不得人的秘密，但是他以往去海边村都没有告诉家人，这次明确地说出海边村，说明早川与雄次之间已经产生了某种对立。”

“这怎么讲？”

“早川准二产生了后悔的念头。充当杀人案件的帮凶对早川来说无疑是一种切肤之痛，或许他之前已经有了自首或者自杀的想法，这从他到女儿女婿家时身心极度疲惫的样子也可以觉察出来。”

“为此雄次感到了恐惧？”

“是的。所以，当天晚上雄次把早川约到梓似町海边村的隐蔽据点，可能是想说服早川，而早川也可能从中感觉到了切身的危险，他说去‘海边’，虽然没有明确说出具体地点，但也模糊暗示了是去海边的村子。这样一来，他相信自己就不会落得个下落不明的结果，警方一定会根据他只言片语中的线索去搜寻的。”

“大家以为‘海边’这个地名就是大海边，所以是大家理解错了。”

“这对早川来说是最大的不幸。雄次真有一套，我推测他是在早川去海边村的途中某个地方等着早川，估计离北浦市不远，然后两人一路交谈着走到了海边。正好是初冬季节，在海边谈话不会被人听到，所以早川稀里糊涂轻信了雄次，然后雄次寻了个机会把早川推落下海，早川毕竟上了点年纪，论力气不及雄次。”

“有道理，这样来推论的话，所有疑点就彻底解开了。剩下的唯一问题就是，早川为什么要替雄次做帮凶呢？”

“是啊，这也是我最想不通的地方。不过，与其我们在这里绞尽脑汁想，还不如去问雄次和市长夫人本人的好。”

“警长，早川身上的秘密会不会和春田市长的前任夫人有关？”

“哦……”

“前任夫人和市长已经离婚，离婚的真相目前仍不太清楚，所有相关的人都闭口不肯细说。”

“是啊。”

“还有，前任夫人回到栗山的娘家后很快又离家出走了，之后就去向不明，都已经十年了。早川被雄次攥在手里的把柄，是不是跟这事有关呢？”

“你说得对，我也是这样想的。不过，具体的真相只能去问雄次和美知子了。马上召开案件分析会议！假如不尽快签发逮捕令，雄次和美知子明天就要离开东京了……而且一旦回到北浦市，这个雄次到底是那样的人，很可能对美知子都会下毒手，这种可能性完全存在！”

案件分析会议结束后，田代警长带领青木、冈本以及其他警员，前往雄次等人入住的位于神田区的旅馆。田代对旅馆服务员说了声要见雄次，对方立即将他们请进，一点也没觉察到发生了什么事。

警长脱下鞋子。

这时候，有岛出现在走廊上。

“噢，有岛先生！”田代招呼道。在此之前，他从未用如此亲切的语气和有岛说过话。

“晚上好！”有岛也报以微笑。

“市长夫人在房间里吗？”

“是的，明天就要离开东京了，所以她正在房间里整理买来送人的礼物呢。”

“买了很多吗？”

“是啊，买了真不少哪。”

田代和有岛一瞬间双目对视。大概是心理作用，田代感觉有岛的眼神中似乎夹着一抹复杂的阴翳，或许他已经预感到案件侦破的时刻即将临近。田代自己则在脑海中闪过一个念头：美知子买的许多礼物该由谁来分发呢？

警长推开了雄次的房门：“你好啊，雄次先生。”

雄次正半弯着腰，也在往行李箱里装买来的百货商店的礼品包：“啊，您好！”

雄次话语不多，只是点点头，想请警长在藤椅上落座。

田代却不再往前，依旧站在原地。雄次见状，脸上露出疑惑的神情。但就在下一个瞬间，疑惑转成大惊失色，他好像意识到了什么。

“春田先生，非常遗憾，能不能请你晚些再回去？”

“……”

“我带来了逮捕令。”田代说着，慢慢地从上衣口袋里掏出一张折成四层的白色纸张，郑重地递到面色苍白的雄次眼前。

# 5

“现在的北浦市港湾内，掩埋着跟我哥哥离婚的前妻登志子的尸体。那是十年前的事情。”雄次开始招供，“事情还得从那之前说起。当时，那个本地的革新派斗士早川准二跟登志子是一对恋人，当然，不是在北浦市，而是在夕张郡栗子山町。那时，附近的煤矿发生罢工，那是昭和三十五年[1]的事情。革新派斗士早川准二前去声援工人，废寝忘食地指导罢工。

“登志子当时还是个高中学生，借宿在市内的亲戚家，在私立女子高中上学。他们两个偶然相识，登志子被当时年轻的革新派斗士早川彻底迷住了，但是她家那个矢野源藏根本不想应允此事，登志子也清楚这一点，所以她没有向父亲挑明，这场爱情终究没有结果。后来，由于阴差阳错的机缘登志子嫁给了早川准二所在的北浦市的我哥哥。

1　昭和：日本的年号，1926 年起至 1989 年止，昭和三十五年即西历 1960 年。

“我哥哥全身心都投入在政治上，早川也作为革新派进入了市议会。一对过去的恋人同在一片土地上，谁都想象得出会发生什么事情，早川和登志子瞒着我哥哥偷偷交往起来。

“然而，我也爱着我嫂子登志子，坦率地讲，我曾经多次向嫂子表白心意。后来我终于探明早川和登志子之间的关系，就想以这种关系要挟强迫她就范。从我手中挣脱的登志子好像把这事告诉了早川，但是，早川却无法当面指责我，因为他自己也跟登志子有不正当的关系，身为革新派的斗士，经验丰富的早川，完全可能因为我的一句话，非但断送掉他的政治生命，而且让他在当地待不下去，所以早川对我有点不知所措。

“这时候，我哥哥突然和登志子离婚了。关于离婚理由，我哥哥没有明说，但是从登志子毫无抗拒、顺从地同意离婚回到娘家这一点来看，我哥哥肯定是不声不响中已经知道了她与早川的关系，只是哥哥非常爱我嫂子，所以被早川夺走让他感到非常痛苦。

“我哥哥后来常去札幌的酒吧去排遣心头的烦闷，于是认识了美知子并且和她结了婚，其实他真正爱的还是登志子。

“登志子就这样回了娘家，而我又借此机会频繁打电话约登志子出来，向她表明我对她的爱，然而登志子已经有了早川，所以无论如何都不肯答应我。

“登志子是我杀的，我杀死她是出于对不顺从于我的女人的憎恶，还有，得知她委身于别的男人更加使我愤恨不已，我变得无法自制……我的性格使我时常因愤怒而丧失理智，终于在一天晚上我杀死了登志子，当时我还让早川帮我处理尸体。

“被我偷偷约出来赶到现场的早川准二，看到登志子的尸体吓坏了。我胁迫他说，要是不帮我的话，你的政治生命就到头了，而且已经得到的生活也将全部失去，你还会受到人们的强烈谴责；与其这样，不如好好珍惜自己来之不易的政治地位，只要你帮我把登志子的尸体掩埋掉，我会一辈子替你保守秘密，这样的话，你照样可以以劳工大众的同盟者自居，照样可以保全你维护正义者的名声。我一番谆谆告诫，令早川准二痛苦得蹲下呻吟，但最后还是照我说的做了。

“那晚夜深天黑，还下着小雨，我让早川帮忙把尸体和大石块装上车子，开往海岸。到了北浦海岸，从车上搬下尸体和石块，我们两个人分别抓着尸体的头和脚，抛进了大海。那时的港湾比现在深得多，为了不让尸体浮上来，我用钢丝绳把石块紧紧地绑在她胸前。早川吓得一边哆嗦一边帮着我一起绑，那石块和钢丝绳也是我叫早川拿来的。

“我哥哥后来跟札幌的酒吧老板娘美知子结了婚，但好像始终没有忘记已经离掉的登志子。因为这个缘故，美知子对哥哥产生了厌恨，终于和我私通了。

“在这之前，我哥哥对登志子突然下落不明感到可疑，开始不断地明察暗访，因为先前跟早川有过私情，便猜测是早川把登志子藏匿起来了。可是查来查去，却完全没找到藏匿起来的蛛丝马迹，于是怀疑是不是被杀害了。不知道什么原因，哥哥忽然想到登志子的尸体可能被早川沉入港湾里了，但哥哥并没有确切的证据，所以也只是这样推测而已。或许我哥哥本来提出港湾扩建的计划纯粹是为了北浦市的经济发展，但因为早川竭力反对，反倒引起我哥哥疑心，猜想登志子可能就是在那里被杀害的。这其中的因果关系我也不太清楚，反正后来我哥哥对港湾扩建的计划更加执着了。

“现在回过头来看，我觉得我哥哥也许对登志子尸体的事根本就不知情，纯粹是出于对市政发展的考虑，可我却胡乱猜疑，以为哥哥知道了我杀死登志子的事，弄得我自己惊慌失措。

“港湾如果扩建的话，肯定要对越来越浅的那一带海底加以疏浚，工程规模肯定是巨大的。那样一来,登志子的尸体无论沉在港湾内哪个位置,都会被人发现其白骨的。而我哥哥只要疑心不消，马上就会意识到那是登志子的遗骨，早川的政治生命也就立刻陷入绝境。所以，早川才要拼命反对港湾扩建计划。

“我也感到危险向自己追近，因为杀死登志子我是主犯。

“于是我竭力说服早川,为了保全自己,必须杀死我哥哥,我哥哥一死,他力主的港湾扩建计划就会随之被废止。另外，我哥哥开始怀疑我和美知子的关系，并且意图侵吞他的财产，这也是促使我下决心杀死我哥哥的重要原因。

“因为有过之前登志子的鉴戒，我哥哥对美知子和我的关系愈加神经紧张，其实哥哥因为登志子被害之事已经对我产生了怀疑，所以，我哥哥每次进京总怀疑我和美知子私下幽会，始终让人不动声色地暗中探察我们的一举一动。因为哥哥常常会在出差中出人意料地回到北浦，所以我知道，他一定跟北浦市的什么人暗中联络，在探察我们。

“事实上，我和美知子每次都趁哥哥进京之机去样似町海边村那座闲置工厂的仓库里幽会,当然在那里过夜是不可能的,是我开车带着她往返。那个幽会的地点远离村落，在一个十分荒僻的地方。

“仓库幽会的事情被哥哥知道了，所以他有时会突然从东京赶回来，因为他无论如何都想抓到我们的现场，于是我就反过来利用这个机会……”

接下来的故事大致和田代推测的一样。由于雄次觉察到早川准二的精神几近崩溃，很可能会去自首，所以便将早川杀死。雄次同时还供出，美知子得知他的意图后，帮着他一同实施了杀害早川的行动。

关于酒桶上的商标，雄次是这样供述的：

“那是之前的嫂子登志子从她娘家带回来的，因为那个时候，哥哥想生产新品种的酒，就让登志子从娘家带商标回来参考一下。我曾经在哥哥的抽屉角落里看到过，所以托运酒桶的时候就拿来利用了。其实就用‘北之寿’的商标也没问题，可是那个酒名气不大没有销路。我设想可能的话最好能发十桶左右的货，所以就换上了‘雪之舞’的商标，因为‘雪之舞’在东京也有少数爱酒之徒知道这个品牌。‘雪之舞’过去曾经是当地很有代表性的名酒，可是自从登志子死了以后，就变得非常不景气了，最近，连酿造工厂也卖掉了，而我正计划将来把它盘下来，定金都已经付了。所以我想，反正早晚是自己的酒厂，干脆就换上了‘雪之舞’的商标，我相信再过个一年时间，等收到追加订单的时候，我一定能够打开销路。为了这个目的，尽管对不住我哥哥，但我无论如何也得尽早将他置于死地。”

根据春田雄次的供述，北浦市开始了大规模的港湾疏浚作业，为的是发掘十年前被害的登志子的遗骸。

田代警长的眼前，清晰地浮出一幅画面：掘起海底淤泥的挖掘机的身影出现在海面上，乌黑的淤泥中露出了白骨，恰好此时，一道阳光洒下，阳光照射下的白骨终于得以闪耀。

（本书以一九八九年版的列车时刻表为依据）

松本清张

# 『迷情』系列

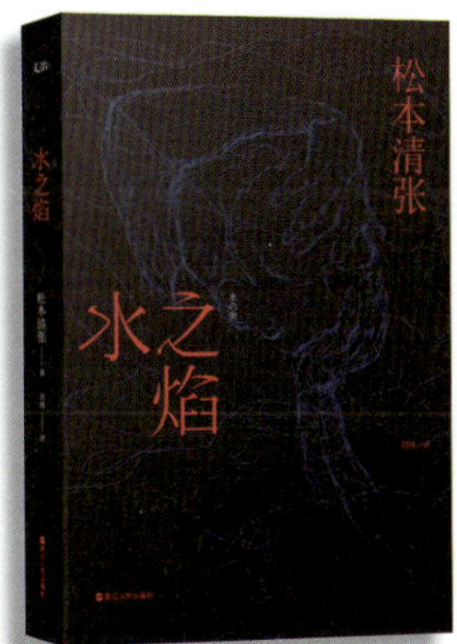


001《水之焰》

002《死亡邮递》

003《黑夜的空白》